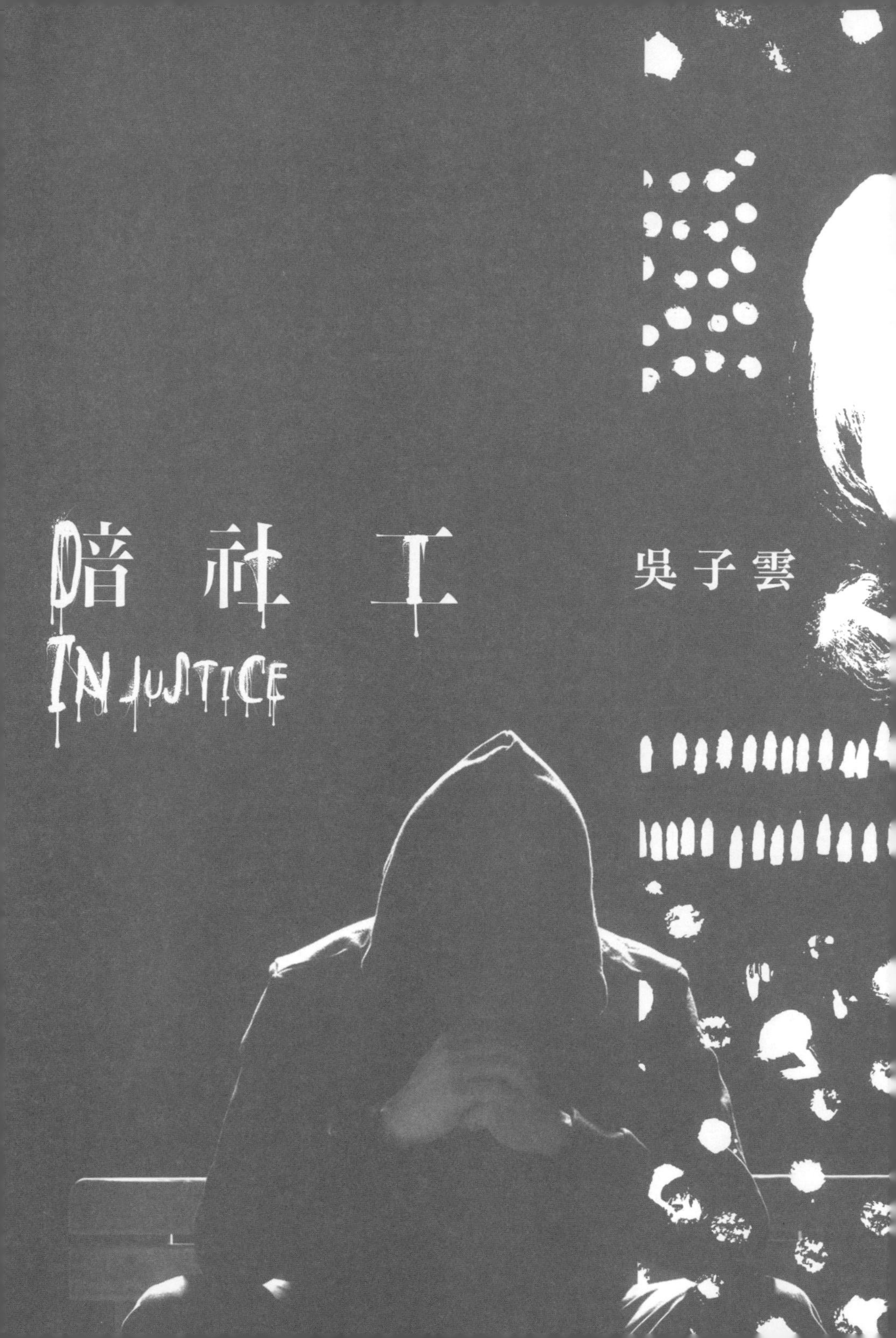
暗社工
IN JUSTICE
吳子雲

[寫在前面]

吳子雲不是藤井樹？

如果你是因為喜歡「藤井樹」說的愛情故事而想看這本小說，那你真的不要白花錢了，這本小說裡面完全沒有愛情。

今年的八月十四日，我的公司信箱中出現了一封郵件，郵件主旨叫作：暗社工來找妳了。我心想，「暗社工」不是藤井樹新小說的書名嗎？怎麼會來找我，一點開信件，後悔不已，這封信為什麼沒被公司的擋信軟體給擋掉呢？

這封信的內容是這樣的：

這樣好了，我也寫序，但就像我說的，一定很短。

但阿母也要寫，重點不是有沒有幫助，而是透過阿母的手來讓讀者看見當初簽《我們不結婚，好嗎》的那個阿呆，現在竟然寫了驚悚小說，一定是有什麼誤會。哇哈哈！

其實如玉應該也要寫才對。

以上為原文引用，至於如玉最後有沒有為《暗社工》寫些什麼，等讀者拿到書、讀到最後一頁就會知道了。

但是，一直到現在，我坐在電腦前，都還在想，我真能寫出什麼嗎？

又要寫出什麼，才能讓知道藤井樹的人了解，吳子雲不等於藤井樹。

又要寫出什麼，才能讓不知道吳子雲的人了解，藤井樹其實是吳子雲？

所以，我空出了一個下午，遠離了辦公桌上的報表及數字，帶著稿子，一個人躲到咖啡廳，面對著牆壁，一口氣看完了《暗社工》這本小說的初稿；它真的是一口氣，沒有中斷。但，事實上，是故事中的主角不讓我停下來，他們一直從故事中跳出來，不停地推著我往下看，當我看到最後一頁時，才發現我竟然不自覺地讀完了這個故事。

我停了三秒，腦中盡是疑問，這是《我們不結婚，好嗎》的藤井樹嗎？

於是，第二天，我找出了《我們不結婚，好嗎》這本書，從第一頁開始讀起，一邊看著小說，一邊回憶當年大家在版上敲碗追文的情景，而那個青澀純真的吳子雲，似乎又坐到了我的面前，娓娓講述著這個讓人聽著便輕易陷入單純幸福氛圍裡的愛情故事。

我停了三秒，腦中疑惑著，這是《暗社工》的吳子雲嗎？

因為，在藤井樹的小說世界中，最吸引我的，一直是他對於人性細膩的處理與描寫，透過對話與主角們的互動，你可以跟著他們的心情，起伏著、揪心著；故事中沒有太多場景與畫面的描述，也沒有什麼時空背景的想像，因為在這些故事中，這些說明是多餘的，我們了解主角，彷彿這個故事就發生在你我或周遭朋友身上那般的熟悉，那般的難忘。

而這次，閱讀吳子雲寫的《暗社工》，情況剛好完全相反，看著這個故事時，腦中反而會出現很多不同的畫面，故事的著力點緊緊勾動著你對於現實殘酷與恐怖的想像極限，每個畫面都考驗著你對人性的理解與信任，與之前相同的，這個故事，真實到似乎可能正發生在你我左右。

最後，我要回答在信中，吳子雲問我：當初簽《我們不結婚，好嗎》的那個阿呆，現在竟然寫了驚悚小說，一定是有什麼誤會。

沒有什麼誤會。不管是那個寫細膩情感的藤井樹，或是現在的吳子雲，我看到的都是一個努力說故事的人，用他的文字、用他的夢想、用他的期待、用他的憤怒，去呈現、去表達每一個在故事背後想要傳遞給大家的訊息。

這所有的故事，同樣都是為了自己的夢想，而唯一不同的是，吳子雲其實不僅只是藤井樹。

黃淑貞

（本文作者為吳子雲第一任編輯）

委託意願書

我在紙上寫了一張簡易的「委託意願書」，
等同於一份簡單的「合約」。
如果這件事往後有任何差錯，至少我還能有這張證明來替自己辯護。
而且，如果他真這麼希望由我來替他執筆，他幾乎沒有不簽的理由。

01

他來找我那一天，有個叫「閃電」的颱風正在逼近台灣本島。

雖然它的名字叫閃電，聽起來好像很快，但它不僅一點都不快，反而拖拖拉拉、扭扭捏捏的，像是在花蓮東方海面的西太平洋散步一樣，一下子看起來要往日本衝，但轉了個小圈又回到原點想往台灣撲，就這樣在原地折騰了三天，終於，它決定了目的地：台灣。

外圍環流四個字對台灣民眾來說一點都不陌生，常常颱風還沒到，本島就已經被雨灌得差不多了，等到颱風整個騎上台灣，要不傳出災情恐怕也很難。

可能是整夜雨下得有點大，也可能是腦袋一直在運轉著的關係，我一夜輾轉難眠，我想是因為今天早上十點整要跟他見面的關係，導致我無法入眠。

是的，我是緊張的，甚至我還有些害怕。

我答應一個陌生人，要和他在一個特定的地點見面，答應他聽完他想說的話，而我根本不認識這個人，不知道他的來歷背景，甚至我只跟他在網路上信件往來大概兩個星期左右。

離開床舖看了看時間，才清晨五點十四分，我索性泡了杯咖啡坐在書房裡聽著屋外淅淅瀝瀝的雨聲，順手打開電腦連上網，再把他寄來的許多封mail從頭到尾看一遍。

他寄來的每封信件開頭都沒有一般人信件往來會寫的客套稱呼，例如我姓趙，一般人會寫「趙先生你好」，但他沒有。

他的第一封信內容是：「我看你的書很久了，幾乎每一本我都看過，我喜歡你的筆觸，但我不喜歡你的內容喔，趙先生。」

第一封信就這樣，沒了，就這麼短。

這話看起來沒什麼禮貌，是的，但身為一個在出版界打滾十多年的作者來說，他這話其實算客氣了。我接過許多討厭我作品的人寫來的信，內容不外乎是「你的書好爛」、「媽的在寫什麼看不下去」、「這種文筆也敢寫書？」……等等，坦白說看了是會難過的，但明明我並沒有逼你看，不是嗎？

於是我也簡短回覆他：「嗯，謝謝你。」

我本來想回「謝謝你的指教」，但他信中並沒有任何指教，於是作罷。

隔天，他很快地寫來了第二封信：「哼，很囂張嘛，你可以再敷衍一點沒關係。」

就這樣，沒了。

不知道為什麼，當我第一次看到這句話的時候，我感覺到一股莫名的壓力，像是被威脅，像是被恐嚇，像是有個人就在我面前盯著我看，眼睛連眨都不眨一下，甚至我幾乎可以想像到他在打這句話的時候其實是在冷笑的。

是在冷笑的！

面對這種情緒，我半是害怕，半是憤怒。

害怕是當然的，我在明，他在暗。我出書十多年，我時常出席新書發表會，我辦過很多演講和簽書會，我也會為其他作者朋友站台宣傳新書，全台灣都知道我的出版社是哪一家，甚至很多記者有我的電話。

簡單說，要找到我很容易。

憤怒就更當然了，誰被莫名其妙嗆聲不會感到憤怒的？

這時，害怕對著我的理智說：「好好地回應他。」

憤怒卻很直接地命令我：「他在嗆個屁？你還客氣什麼？」

「我囂張？你講話也可以再不客氣一點沒關係。」

我聽從了憤怒的建議，這時我的害怕完全銷聲匿跡。

接著有四、五天的時間，我沒有接到他的來信，我一度以為這個人會從此消失，甚至我還自以為是地認定他怕了。

一直到他的第三封信寄來，我才知道害怕並沒有人間蒸發，有那麼幾分鐘，我甚至沒勇氣打開信。

「趙先生，當我亂說話吧，你別生氣。我只是想用比較特別的方式吸引你的注意罷了，畢竟你曾經是個在出版界呼風喚雨的大作家。」他的第三封信這麼說。

「那恭喜你，你成功了，你確實吸引了我的注意，但同時，你也搞砸了，這封信之後，我不會再回應你。對了，原來我在你眼裡『曾經』有過呼風喚雨的重要性，但我知道你其實想說的是我過氣了，這是事實，我確實過氣了，謝謝你的稱讚。」在按下回信鍵之前，我為這最後兩句話深深嘆了一口氣。

是啊，我過氣了，早就。

剛開始，我寫的是旅行相關的文章，出了幾本類似旅遊指南的書。

我在當兵前就已經去過二十多個國家，當兵之後待在台灣的時間更少，一年出國十多次，平均一次二十天。我朋友都很羨慕我有個開旅行社的爸爸，還有一個當英文老師的媽媽。

因為旅行讓我看見世界有多大，人的生活文化有多不相同。我健談，而且我樂意交朋友，個性有點自來熟，很快就可以跟陌生人打成一片，就像是好萊塢電影裡演的一樣，輕易就可以在普通酒吧或餐廳裡認識新朋友那樣快速，我一點都不介意陌生人與我攀談。

也因為我到處旅行，我看過許多人一輩子可能都沒機會見到的畫面，像是極光、雪崩、火山爆發，甚至也去過到處都是難民的非洲落後國家。

相信我，你永遠無法想像科技如此發達的今天，竟然還有滿肚子都是蛔蟲和髒水的五歲孩子，只是送他一條從台灣帶出去的七七乳加巧克力，那笑容像是你送了整個世界給他。

於是我開始書寫社會關懷的內容，走遍大城市小鄉鎮，去挖掘一些最不為人知，卻天天都在發生的，最平凡也最需要被關懷的人，他們有什麼願望與故事。

我的書開始登上排行榜，從本來的十名左右，逐步爬到第三名，然後第二名，接著便時常是銷售冠軍，成為所謂出版界呼風喚雨的作者。

這樣的書寫多了，練就了說故事的本領，於是我試著寫小說，從短篇練習起，慢慢進步到可以駕馭長篇。大概是故事說得還不錯，有些電視台前來洽談，買了我的作品去改編成電視劇。

然後我家就出事了。

我爸的旅行社周轉不靈倒閉，欠了一屁股債，家裡四間房子賣光了還賠不完，數百名消費者委請律師對我家興起集體訴訟。

在被告之前，我爸偷偷離開台灣，跑到越南。

我媽被我爸影響，在學校校長跟教務主任一天到晚的「暗示」下，被迫提早退休，她只好回鄉下一個小小的英文補習班代課，勉強過日子。

記者問我，我寫了很多社會關懷的書，對我爸這麼不負責任的行為有什麼看法？我沒有經過大腦地回答：「我不能說什麼，他是我爸。」

因為這十個字的答案，我成了「包庇自己人」的共犯，輿論排山倒海而來，在網路上被罵翻就算了，還直接影響了我的書籍銷售量，我的作品開始不受重視，太多人覺得我之前營造出來的關懷社會角落的善良都是假的。

暢銷書排行榜就別想了，我的銷售量從數萬本，一直掉到最後一部作品的不到兩千，買我書的讀者還被人揶揄，說他們「腦殘」。

我意志消沉，我情緒低落，我事業走下坡的速度快得超乎想像。我一直努力想繼續創作，看哪天能再寫出更好的作品。

然後我搞砸了。

三年前，我酒駕撞死一個大概有八十公斤的女人……的瑪爾濟斯，接著撞上分隔島，一次掃斷五棵剛種上去不到一個月，還沒有一個人高的行道樹樹苗，最後還撞爛路旁七部摩托車跟一部賓士 S600，從那時候起，就註定了我要過氣了。

那五棵樹苗、七部摩托車和那部鈑金凹陷、玻璃碎裂的賓士 S600 已經讓我該賠償的金額輕輕鬆鬆地破百萬了，那隻瑪爾濟斯的主人還硬是把我告上法庭，要求我賠償她的狗，以及她每天因為思念狗而吃不下睡不著狂瘦二十公斤的精神損失，最後我和她以二十三萬達成和解。

一條狗，二十三萬。

我的ＢＭＷ當場撞爛變成廢鐵，我重傷昏迷了十五天，嚴重的腦震盪加上內出血，醫院還曾發出病危通知，但我很幸運地活了下來。

但有那麼一段時間我曾希望自己就那樣死了多好，當我清醒後看見一堆網民、讀者灌爆我的臉書，上面充斥著：「幹！怎麼沒死？」「酒駕廢物救他幹嘛？」之類的留言。

那些什麼駕照吊銷、罰錢的基本款就不說了，法院判我四個月徒刑，得易科罰金，一天一千，四個月共十二萬。原本跟我論及婚嫁的女朋友因此被她的家人勒令不准再跟我聯絡，理由昭然若揭，不需要多說。本來約好時間到她家去提親的這件事當然也就連提都不用提了。

最後連去她公司送杯她喜歡的五十嵐梅果綠都會被一樓的保全趕出辦公大樓。

那段日子我幾乎天天被記者打電話騷擾，他們的第一個問題一定是：「請問你現在有什麼感覺？」那當下我其實只有想殺人的衝動，卻不能這麼說。

某天中午我在家附近又被記者堵上，依然是同一個問題，當我費神閃躲不斷往我鼻孔跟嘴巴擠過來的麥克風時，一個民眾在一旁大聲罵我髒話，還說我媽是垃圾，生了我這種酒駕廢物。

我打斷了他的門牙，然後花了五個月的時間「央求」他老兄撤告，和解的結果是我必須賠他一百萬。

民事調解庭上，調解人居中斡旋了三個小時，最後他答應三十萬和解，不知道為什麼，我突然覺得很便宜。

兩顆門牙，三十萬。

我再一次把原本已經很慘的名聲砸個粉碎，我甚至不敢去看我的臉書粉絲團上面的留言，我相信那一定慘不忍睹。

我窮得更徹底了，風光那些年所買的房子還在貸款中，為了活下去也賣掉了，所幸房價上漲，賠完了牙齒，身上還能留個幾十萬。

我搬到石碇附近很偏遠的山上，那裡的房租便宜，離我最近的鄰居是兩百公尺外的一個社區，我隔壁有幾棟完全沒有人住的小透天。從我房子的頂樓往西南邊看去，不遠處有個像是廢棄倉庫一樣的建築，但不知道到底哪條路通往那兒，而且那裡看起來很陰森，我從不敢靠近。

住在這裡很不方便、很孤獨，但這樣很好，記者再也找不到我了。

我於是重操舊業，寫社會關懷的書、寫小說，甚至寫旅遊指南。

就別說賣得好不好了，到後來連出版社都不接我電話，我盡心盡力寫好了作品，卻連出版的機會都沒有。

曾經我呼風喚雨，一直到幾乎完全不被社會接受，這中間花多久時間？

從我撞死那隻狗開始算起，直到翻車停下來，大概……五秒吧。

這一切只是因為我在喝了一打啤酒之後開車上路。

活該，酒駕肇事本來就是活該，沒話說。

回完那個沒禮貌陌生人的信，我坐在電腦前發呆，不到五分鐘又收到回覆。

「趙英傑先生，老實回答我，你想不想再一次呼風喚雨？如果你不想，那你不用回我信，我也就不會再煩你。但如果你想聽我說說看，回個英文字母Y。」他說。

「Y」

我回覆「Y」的時候，已經過了三天了。

這三天裡我依然過著平常的日子。

什麼是平常的日子？就是我「過氣」之後在過的日子。

因為賣不了書，我的收入來源有三：

一、有一搭沒一搭地接一些三流小雜誌的小專欄，大概十平方公分大小的那種，一個字一塊錢，每一期賺個幾百塊，一週有個幾千元收入。

二、以前收入好的時候剩下的存款買些股票，漲的時候賣幾張，再買一些跌得離譜的，等它漲了再賣。

三、多年前朋友邀我投資洗車場，一股二十萬，一個月大概能分到幾千塊。

沒了，我的收入跟去麥當勞打工差不多。或許你想問，那為什麼不去麥當勞？不是我不去，是麥當勞不要我。

所以，當我回覆「Y」的時候，我突然覺得自己很悲哀。我之所以會答應他，只因為一個原因：「他讓我感覺自己仍然被重視。」

其實我並不是想回到呼風喚雨的日子，那些對我來說不只是過去，更像是根本不曾存在過。而是我赫然發現，他是這幾年來，除了我少數僅存的朋友之外，唯一一個跟我說過那麼多話的陌生人。

曾經，我是多麼輕易地能跟陌生人變朋友。

而現在，我才三十多歲，卻像個無依的老人。

我們約在一座公園的西側，從南邊的門走進去之後向左前方移動，就會看到一個小涼亭，小涼亭的右邊二十公尺左右有個大象溜滑梯，在溜滑梯和小涼亭之間有一張公園椅，「早上十點，我們就在公園椅見。」在最後一封信裡，他這麼說。

十點鐘一到，我準時到了公園椅所在位置，雨已經停了，但椅子是濕的。

我從背包裡拿出面紙把椅子擦乾，然後坐下。

大概過了十秒，有個人也坐了下來。

「嗨，趙先生。」他邊說邊坐下，聲音低沉，冷冷的。

我看了一下他的樣子，他穿著印了一個☺黃色笑臉的黑色帽T、藍色的牛仔褲，和一雙黑底白勾的 Nike 球鞋。

他大概一百八十公分，八十公斤上下，雖然穿著寬鬆的衣服，但看得出來身材很結實。

「我們開始吧。」他說。

「開始什麼？」

「我在信中跟你說的，我告訴你一些故事，你把它記錄下來，然後發表。」

「你是要我幫你寫……你的故事？」

「差不多這個意思。」

「我並沒有答應你。」

「你回了Y。」

「那並不代表答應，更何況你找個過氣的酒駕犯幫你寫書，有什麼毛病？」

他安靜了幾秒，冷冷看了我一眼。

我回敬他冷冷的眼神，但我猜他根本不在乎。

「看了你那麼多作品，其實我覺得你可以寫得更好，把你想說的故事精神與問題探討得更深入，但你總是輕描淡寫、雲淡風輕地帶過，這是為什麼？」他說，完全不理會我沒答應這件事。

「不為什麼，我的能力只能寫到這樣。」

「不，你只是沒發現自己能寫得更好。」

「這是誇獎？」

「這是責任。」

「什麼責任？」

「寫得更好的責任。」

「這責任從哪兒來的？又為什麼我一定要幫你寫？如果你真的想讓故事被發表或出版，我可以幫你介紹其他人。」

「我不要其他人，就是你。因為你寫過很多社會關懷的書，我想你應該會比較懂我要跟你說的故事。」

「我在這社會的名聲已經很臭了，沒有出版社會幫我出書，也沒有地方需要我的關懷了……」

他似乎沒有在聽我說話，自顧自地東張西望一番，伸了個懶腰，雙手交握放在他的腿上，身體靠上椅背，然後定住視線看著我。

「廢話已經講太多了，開始吧。」

「我並沒有要……」

他打斷我的話，「你可以再拒絕沒關係。」

他說這話的時候，是在冷笑著的。

他冷笑著。

02

我不喜歡被威脅，應該說沒有人喜歡被威脅。

但一直以來，對話優勢都在他那邊，從他寫來第一封信到面對面的現在都是如此。不知道為什麼，他給人一種壓迫感，相信我，沒有人會喜歡這種壓迫感。

我不斷地從他的眼神中看見一種冷靜的自信，在那自信中又讀到類似某種被輕視的訊息。即使他從頭到尾都戴著帽T的帽子，臉稍微朝下，陰影罩住他的鼻梁上方，但我能感覺到他發亮的眼睛視線不曾離開我身上，像是在告訴我：「別掙扎了，你不會是我的對手。」

八月，夏天的中期，上午十點，台北天空一片陰鬱的灰，出門前剛看了氣象，海上颱風警報似乎今晚就會發佈。

公園裡沒有走動散步的人，只有不遠處有幾個老先生在涼亭下棋。

我們分別坐在公園椅的兩邊，身體的一半靠在椅背，另一半靠在扶手，以四十五度角看著對方。

「你讓我感到被威脅。」我刻意壓低聲音說。

「是嗎？我並沒有那個意思。」

「今天是你來找我，要我『幫』你，我不認為這是請人幫忙該有的態度。」我在幫字上加了重音，試圖把原本失去平衡的對話優勢拉回來。

「所以你要我道歉？」

「不需要，我只要你態度好一些。」

「好吧，我只不過是習慣了這樣說話罷了。」

「如果這是你的說話習慣，那我猜你應該沒什麼朋友。」

「我是沒什麼朋友，我不太需要朋友。」

「沒有人不需要朋友的。」我說。

這時他把頭別了過去，「廢話真的太多了，我們可以開始了嗎？」他說，態度很不屑。

「你……客氣點。」我說。原本我想飆髒話，大罵：「你他媽客氣點！」但我吞了回去。

「不好意思，我習慣了。」

「我先問你，幫你寫這些，我有什麼好處？」

「只要你願意寫，我保證你的書會再大賣。」

「你這信心是哪裡來的？」

「就是有信心。」

「如果保證無效呢？」

他轉頭看著我，皺著眉頭，「你對人的信任感這麼低？」他說。

「我根本不認識你，怎麼知道你有多少可信度？」

「是嗎……」

「面對陌生人，你能很快地建立信任感？」

「我不會，但你會。」

「什麼意思？」

「別以為我不知道你本來是個很健談、容易交朋友的人，只是出事之後，你封閉了許多。」

「你……」

我感覺到一陣寒意，整個頭皮開始發麻。我從不曾有過這種遭遇，一個陌生人對你瞭若指掌，在他面前我好像沒有任何祕密，我卻對眼前這個人一無所知。

他似乎看出我的害怕，「你別介意，我只是在網路上研究過你，能走遍世界各地發掘鄉野故事，進而寫出社會關懷類型書的人，想必要有很健談的能力，不是嗎？」他用比較緩和的語氣說。

我沒有回應他，只是轉開視線，看向另一方。

「好，這些話都不重要，要怎樣才相信我？」他說。

「怎樣我都不信，既然你要我寫，那麼我就該拿到報酬。」

他雙眼直視著我，「你要錢？」他的表情有點驚訝，似乎沒想到我會這麼要求。

「當然，天下沒有白吃的午餐。」

「依照你的邏輯，我提供你一個故事，那我是不是也應該拿到我的午餐？」

「照目前的狀況看來，你的午餐沒有我幫你寫，它就只是個吃不到的午餐。」

這時他默默地低下頭，過了幾秒，又突然大笑起來。

「笑什麼？」

「你真的這麼愛錢？」

「誰不愛錢？而且我窮斃了，如果一定要我寫，我當然要錢！」

「我可以找別人的……」

「那你找別人吧。」

說完，我起身就走，才走沒幾步，他叫住我。

「趙先生。」

我停下腳步，回頭。

「依你現在低迷的社會聲望，你覺得自己值多少錢？」

「我知道我現在的狀況，當然不會向你獅子大開口，以我寫一本書少則兩個月的時間，就算拿月薪，兩個月加起來起碼也得五萬八萬的吧？」

他沉默了一會，似乎是在思考這個數字是否值得，「請你先回來坐下，好嗎？」

看他真的有在考慮的樣子，為了錢，我坐回公園椅上。

「趙先生，這樣吧，我先告訴你我的條件，你聽完了能接受就接受，不接受隨時可以走，好嗎？」他說。

「你說。」

「寫或不寫，你自己決定，如果寫了，要不要出版，也交給你自己拿主意，五萬或八萬，不管多少，數目我們可以再討論，但我只要求一件事。」

「什麼事？」

「如果你寫了，並且決定出版，那麼在出版之前，除了你的編輯之外，請再複製一份原稿交給另一個人。」

「對，不需要面交，用email也可以。」

「另一個人？」

「誰？」

「付錢給你那天我會告訴你。」

「嗯……」我思考了一會兒。

「趙先生，我的條件其實很簡單，你並沒有什麼損失。」他說服著。

是啊，我是沒有什麼損失，雖然我完全沒有想替他寫故事的意願。

對於眼前這個人，我一點信任感也沒有，為了保護自己，我從背包裡拿出一張白紙。

「你要開始了？」他問。

「不，請你稍等。」

我在紙上寫了一張簡易的「委託意願書」，等同於一份簡單的「合約」，如果這件事往後有任何差錯，至少我還能有這張證明來替自己辯護。

而若他真這麼希望由我替他執筆，他幾乎沒有不簽的理由。

所以我在紙上寫了：

本人趙英傑，願以代執筆為由，接收——先生委託故事一則，但故事若無吸引本人之處，則代執筆一事自然取消。

反之，若本人決定接受委託，將於兩個月內將故事完成，並依——先生所開條件，另寄原稿一份給指定人。

出版與否，合約另行。

立約人：趙英傑

簽約人：

二〇一五年八月十一日

寫完之後，我把意願書拿給他，請他看完之後簽上大名。

本來我以為他會因為意願書的內容再度跟我陷入爭辯，但他看過之後，幾乎想都沒想就簽下名字。

「我們可以開始了嗎？」他把紙筆遞還給我之後，依然語氣冷冷地說。

我接過意願書，看了一下他的名字，他叫周皓哲。

本來我想請他把身分證拿出來證明他沒有冒名或使用假名，但他看起來非常鎮定，而且簽名的時候完全沒有猶豫……

就姑且相信他吧。

「嗯，周先生，我們可以開始了。」我把意願書收到背包裡，然後拿出筆記本。

「你需要錄音嗎？」他問。

「故事很長？」

「說長不長，說短不短，但我想你最好錄音，免得日後遺漏了什麼重要片段。」

我打開手機的錄音 app，放在我跟他之間。

「周先生，在你開始之前，能不能先自我介紹一下？跟你聊這麼久，到一分鐘前才知道你的名字，既然要替你寫故事，我需要知道你更多的資料，雖然不一定會用到，但多點準備總比到時沒得用好。」我說。

「嗯，我叫周皓哲，三十一歲，高雄人，現在住在桃園，在一家木材工廠工作，就是一個普通的工人。」

「所以你要跟我說的是工人的故事？」我說，語氣中帶著一絲揶揄。

我承認，因為我對這個人沒有任何好感，甚至嫌惡，所以在聽到他的職業之後，一種藐視他的感覺在心裡發芽，我不認為一個木材工廠的工人能有什麼好故事。

他聽出我的揶揄，哼笑了一聲，「除了工人，我還有另外一個我認為非常有意義的工作。」他說。

「什麼工作？」

他很刻意地輕咳了一聲，像是想把喉嚨清乾淨，好讓我聽得更清楚一些。

「社工。」他說。

他說「社工」的時候，依然冷笑著。

霸凌

而他騎腳踏車追上我，在我後面大吼大叫地嚇唬我，
指責我為什麼要看他小便，是在看三小！

我下意識因為害怕而改道，目的只是不要跟他同路而已。

但他並沒有放過我，他騎到我旁邊，吐我口水，作勢要揍我，
然後在那附近某一條大排水溝旁邊把我欄下，
揍了我幾拳之後一腳把我踢進排水溝，
接著把我的腳踏車丟下來，筆直地擊中我。

03

我有兩份工作，工人和社工。

前者有薪水，一個月含加班大概是三萬塊出頭，後者沒薪水，也沒人叫我做，但我就是想做。

我的社工工作跟一般人了解的完全不一樣。

我並不會到獨居老人的家裡去拜訪，買便當給他吃、陪他聊天說話、讓他感覺還有人在關心他。我也不是到什麼社工單位報名當志工，到一些弱勢家庭或身障家庭去做關懷。

因為工作性質太不一樣了，所以從事這份社會工作的，目前只有我一個人。也就是說，除了我之外，沒有人知道。

因此，有時我覺得很孤獨。

會從事社工工作的人，本性大多是善良的，當然，我也是。

自我有記憶以來，我就常被誇獎說：「哇，周皓哲，你好善良喔！」「周皓哲，你真是個好人。」「你是我見過最熱心助人的人了，皓哲。」

小時候，每個學期都有紅十字會捐款，老師總是會鼓勵學生回家告訴爸媽，要爸媽出錢幫助一些遠在非洲的難民，把錢交給紅十字會，他們就會派人買東西去非洲給難民用。

但我從不曾因此跟爸媽要過錢，原因有兩個。

第一，我捐的是自己的零用錢。

我會為了要捐錢給紅十字會而存錢，一個月大概可以存兩百塊，每次到了要捐錢的時候，我撲滿裡大概就會有七、八百塊。捐錢當天，我會把撲滿帶到學校，請老師幫我剪開，看著老師一邊數硬幣一邊笑著鼓勵我，那是我感覺最驕傲的時候。

第二，我沒有爸媽。

聽把我養大的阿姨說，我爸媽在我還不滿週歲的時候就出意外去世了。阿姨比我媽小七歲，她是我媽唯一的妹妹。

當阿姨在書櫃上看不見我的撲滿，她就會知道我把錢捐出去了，得再買一個新的撲滿給我，她總是跟我說，人性本善，有能力幫助別人的時候就一定要挺身而出，幫助別人是一種快樂，在心靈上會獲得滿足。

當時年紀小，我以為她說的滿足是老師在稱讚我時，我心底感覺到的驕傲，但長大後我才慢慢地了解，其實那種滿足是看見被幫助的人漸漸脫離困境時，心裡油然而生的另一種感覺。

因為，你的幫助起了最大的作用。

所以我把做善事當成是一種責任，並且開始「舉一反三」，我不再只是幫助人，我也幫助動物。

班上同學在水溝裡抓到一隻小老鼠，準備用火把牠燒死，我就會要求他們把牠放了。他們當然不會聽我的，我就把老鼠搶過來，跑給他們追，追逐過程中，我會趁機把老鼠丟到草叢或是丟回水溝，同學們會因此罵我，有一次我放了一隻他們抓到的蝴蝶，他們還動手打我，但我不曾屈服害怕，因為阿姨說，我做的事是對的。

放學回家時，看見有貓狗被車子撞傷，我會趕快把牠們送到我家附近的獸醫院，醫生說我很善良，但要我下次別再救了，因為我救的貓狗沒有一隻活過來的，長大後我才知道，這狀況有一個專業的名詞，叫作「到院前死亡」。

但我不曾放棄，我還是會把貓狗送去給醫生，因為阿姨說，我做的事是對的。

我的家庭聯絡簿上面最常出現的教師評語就是「心地善良、個性安靜但熱心」，以及另外一句「成績非常需要加強」。

對啊，我的成績很爛，我知道，不是我不認真，而是老師教的東西我都不太懂。國小數學講到公因數公倍數時，我幾乎要到極限了，但這時候還能考個七十分。教到了小學五年級的三角形面積跟多邊形面積時，我就已經像是賽車場上被對手遠遠拋在後面，落後好幾圈的選手。

不只數學，我其他的科目也很差。

自然課時，老師要我們做燈座，讓電燈可以發亮，但我的燈永遠點不著。我養的蠶寶寶永遠不會化成蛹，更別說是變成蛾。我種的綠豆跟大家的一樣會發芽，但發芽之後它就會變很臭，我於是不再理會它，很快地它就會死掉。

我寫的作文從來沒有拿過高分，老師說我一直都文不對題。

家裡還留著一張小時候的作文，題目是「寵物」，老師說，如果我們家裡沒寵物，可以寫自己最喜歡的東西，所以我寫了阿姨。

老師只給我二十分，她說阿姨不是東西。

因為成績很差，所以每次考試之前，我的好朋友都會來替我補習。

他叫作黃建和，是個有聰明腦袋的胖子，我都叫他阿和。

阿和從國小三年級就開始戴眼鏡，胖胖的身軀短短的腿，圓圓的臉蛋小小的眼，講話很快，反應也很快。他坐在我前面，我有什麼不懂的功課就會問他，可是通常問完之後沒多久就忘光光，他一直重複教我同樣的東西，也沒看過他生氣。

「周哲，這題不會對吧？別擔心，我幫你！」

「周哲，又忘記了對吧？別擔心，我幫你！」

「周哲，老師講的聽不懂對吧？別擔心，我幫你！」

其實他是叫我周皓哲，但因為他講話很快，中間的皓字就這麼被吃掉了。

他最常跟我說的一句話就是「別擔心，我幫你」，而且印象中我沒聽到他對別人說過一樣的話，我問過他為什麼只幫我，他說：「因為我們是好朋友啊。」

我從小學三年級跟他同班到國中畢業，在學校，我們可以說是形影不離。

小學四年級的時候，我們班來了一個轉學生，叫林文明。

老師請他在台上自我介紹時，他只說了自己的名字，然後就沒講話了。老師問他從哪裡來，他沒說話，只是直直地站著。再問他有沒有兄弟姊妹，他也沒說話，還是直直地站著。

這時老師笑著說：「林文明同學很安靜，應該是還不認識大家，很害羞的關係，各位同學要多幫幫他，讓他趕快熟悉這裡喔。」

接著老師把他安排到我的左前方，就坐在阿和的左邊。

我永遠記得他坐下的時候轉頭瞪著阿和的眼神，那種毫無來由、不明所以的「仇恨」從他的眼神中，像箭一樣地射出來。

是的，仇恨。

那惡狠狠的眼神透出來的仇恨筆直地對著阿和的腦門，如果仇恨是紅色的，那麼我甚至可以看見那道紅色的光束穿過阿和的腦袋。

哪來的仇恨？為什麼仇恨？我完全不明白。

然後他發現我在看他，也狠狠地瞪了我一眼。感覺像是我剛揍了他一拳，他正在思考怎麼報復我一樣。

跟幾秒鐘前在台上那個站得直直的，顯得木訥寡言的人完全不同，我嚴重地懷疑，在從台上走下來那短短幾步路的過程中，他是不是被鬼附身了？

老師安排他坐在那個位置的那一秒，是我跟阿和惡夢的開始。

因為才第一節下課就出事了。

我印象很深刻，下課鐘響，老師離開教室之後，我跟阿和坐在自己的位置上聊天，林文明突然站到我們兩人中間，先瞪了我一眼，然後看著阿和，用很輕蔑的語氣說：「我很討厭胖子，你不要坐我旁邊。」

我跟阿和面面相覷，還在想我們是不是聽錯了的時候，他用非常清楚的語調跟咬字又說了一次：「我討厭胖子，你不要坐我旁邊。」

正當我跟阿和覺得莫名其妙、一頭霧水，想問他為什麼的時候，林文明拖著阿和的桌子往後拉，然後一腳把桌子踹倒，抽屜裡的東西全都掉了出來，包括阿和中午要吃的便當。

我很快地站起來，大聲地對林文明說：「喂！你幹什麼？」

他狠狠瞪了我一眼，冷冷地對我說：「關你屁事？」

阿和急著把他的東西撿起來，尤其是他的便當。但便當砸了就是砸了，滿地飯菜跟鹹魚的味道瀰漫在四周。

林文明這時說：「快點把你的桌子搬去後面。」

我站到他的旁邊，指著地上的東西，「你最好現在幫他把東西撿起來，不然……」

「不然怎樣？」林文明歪著頭，一臉欠揍的樣子回我。

「不然我就報告老師。」

「你去報啊。」

我怒火難忍，轉頭就要衝出教室，當我回頭的時候，班上的同學全都目瞪口呆地看著我們三個人，所有人都像木樁一樣動也不動。

才走沒幾步路，我就被踹了一腳，整個人往前跌趴在地上，還撞到鼻子，我一陣暈眩，扶著旁邊的桌子站了起來，過沒幾秒，鼻血就流下來了。

幾個女生看見我流血，有的哭有的尖叫，這時終於有人跑出去叫老師。

我轉頭看著他，他站在我面前，雙手握著拳頭，像是在告訴我，要打架沒在怕。我抹去流過嘴巴熱熱的鼻血，一種想哭的感覺莫名其妙衝上來，一陣鼻酸，眼前瞬間一片模糊。

「哭了？你是女生喔？」他說，這句話是用台語講的。

這時老師跑了進來，大聲問我們在幹嘛。

下一秒，我簡直不敢相信自己的眼睛，我看見林文明蹲在地上幫阿和撿東西，還滿臉歉意，笑著問阿和怎麼會撞倒自己的桌子。

我真是不敢相信自己的耳朵。

老師第一個問：「林文明，同學說你打人，真的嗎？」

林文明這時站了起來，手上還黏著一堆阿和便當的飯粒，他裝出一副很不好意思的表情，說：「老師，我是在跟他玩啦。」

此時老師看見我在流血，她走過來，拿出衛生紙替我擦去臉上的鼻血，一邊擦一邊問我：「周皓哲，你有沒有怎麼樣？」

我搖搖頭，擦掉眼淚，小小聲地對老師說：「老師，他不是在玩。」

同學們這時一個個跳出來向老師解釋剛剛的事發經過，老師一邊聽，一邊用很不可思議的表情看著林文明，但他只是把頭撇向窗外，一句話也沒說。

「林文明，你為什麼要這樣？」

「沒有啊。」

「你現在立刻幫黃建和把東西撿起來，然後跟他們兩個道歉。」

「好。」他說，說完立刻很配合地把阿和的東西撿起來，然後跟我們幾近九十度地鞠躬道歉。

「對不起。」他說。

「你才剛轉來第一天就欺負同學，這樣對嗎？」老師大聲地責罵他。

後來老師把林文明叫到辦公室，我猜他應該有被處罰。上課後她把他的位置換到離我們最遠的教室右後方，並且警告他，要是再發生同樣的事，她就要請家長來學校。

那天林文明沒有再欺負我們，也沒有欺負其他同學，他就是一個人坐在位置上，眼睛四處亂飄亂看。

偶爾跟他對到眼，他也是一副什麼事都沒發生的樣子。

回家後，我把這件事告訴阿姨，阿姨說：「皓哲，你做的對，但不管怎麼樣都不可以打架，阿姨會擔心的，知道嗎？」

姨丈說：「你這個同學一定是在家被寵壞了，離他遠一點，不要跟他接近，知道嗎？」

是的，我知道。

但生性邪惡的人，不會輕易放過你。

人性本惡，還是本善呢？

04

林文明是邪惡的。

我可以很輕易地舉出一百個例子來證明他的邪惡。

他在女同學的抽屜裡塞過十幾隻死蟑螂，女同學嚇到當場昏倒，只有他一個人放聲大笑。

他在老師的杯子裡裝過尿，如果不是老師自己不小心打破杯子，聞到一陣尿騷味，她可能會喝下去。

他跟同學玩猜拳，輸的被甩巴掌的遊戲，同學以為他只是在玩，打他都輕輕的，等到同學輸了，他一巴掌轟到同學哭出來。

這些看起來像是惡作劇，對吧？但這只是前菜。

他在別人的椅子上放過生鏽的圖釘，而他得逞了。

他在不認識的別班同學盪鞦韆時，一腳踹過去，把人踹到摔倒，然後搶走鞦韆。被他踹倒的同學撞到地板，頭腫了好大一包。

他因為不午睡被班長記了座號在黑板上，他下課時故意假裝跌倒，拿美工刀割破班長的手臂，班長被送去醫院縫了十一針。

而他在造成這些「傷」的當下，臉上沒有任何表情，他只是冷冷地看著，絲毫不見任何歉意，他不認為這有什麼問題。

我不曾見他做過任何一件有助於別人的事，即使是掃地時間，同學不小心把擦窗戶的抹布掉到地上，而他剛好路過，他會把抹布撿起來，然後從我們教室所在的三樓往一樓丟出去。

別人的痛苦，是他的快樂。

但讓我覺得比較奇怪的是，林文明並沒有因為他的邪惡而孤獨，還是有人願意跟他相處。

這些願意跟他相處的人，感覺上不是他的朋友，而是他的僕從。

他的行為建立了一種「我可以欺負別人，別人不敢欺負我」的權威，而他的僕從們不明是非，只覺得看那些人被欺負很好玩，久而久之覺得很正常。

他換了位置之後，我跟阿和會很自然地逃避這個人。不只是我們，班上其他的同學也會。我們過了一段沒有他騷擾的日子，因而產生了一種不要靠近他，天下就太平了的錯覺。

是錯覺。

林文明欺負人是無時無刻，且不挑地點的，他老兄不管心情好或不好，只要他心裡邪惡的念頭一動，下一秒就會有人遭殃。

除了上課之外，只要有他存在的地方，我都會覺得世界變得很小。

如果我在廁所遇到他，那麼我會感覺四周的牆壁漸漸向我逼近，像是牆壁也在幫他的忙，把他推向我一點。

如果我在走廊遇到他，我會覺得走廊捲曲成一個圓柱形的空間，兩邊的盡頭變得好遠好遠。

我跟阿和在廁所尿尿，他會故意推我們一把，讓我們的身體撞上小便斗，尿液噴濕了褲子，他則因而開心大笑。

我們在福利社買東西，他會故意把我們結完帳的東西撥到地上，因為買東西的同學很多，我們的麵包時常被踩爛。

我跟阿和在走廊聊天，他會故意用手肘撞我們，不然就是很大聲地在我們耳邊罵髒話，把我們嚇得跳起來。看見這幅景象，他會哇哈哈地揚長而去，他的僕從也會學他一路哈哈哈地走遠。

是的，罵髒話，天知道一個小學生的髒話怎麼會溜成這樣。

是的，哈哈哈，天知道那幾個僕從怎麼能蠢成那樣。

不只是我們，太多人都被他欺負過，被欺負的人去報告老師，老師就把他叫去處罰，然後他會稍微收斂一點點。只是一點點。沒多久又繼續，然後又有人報告老師，他又被處罰……

成了一個不會結束的循環。

他看到我不叫名字，是叫「幹你娘死白癡」，他看到阿和也不是叫名字，是叫「幹你娘死胖子」，我甚至懷疑他到底記不記得班上同學的名字。

他是邪惡的。

有一天放學，我習慣性地騎腳踏車走同一條路回家，我知道我跟他的回家路線有一小段重疊，我也在路上碰過他很多次，但我不曾跟他有任何交集，連看都不會看他一眼。

但那天他在路邊小便，我經過時只是不經意地瞄了一眼他的方向，我知道那是林文明，但我根本不知道他在幹嘛，因為我根本不想也不屑知道。

而他騎腳踏車追上我，在我後面大吼大叫地嚇唬我，指責我為什麼要看他小便，是在看三小。我下意識因為害怕而改道，目的只是不要跟他同路而已。但他並沒有放過我，他騎到我旁邊，吐我口水，作勢要揍我，然後在那附近某一條大排水溝旁邊把我攔下，揍了我幾拳之後，一腳把我踢進排水溝，接著把我的腳踏車丟下來，筆直地擊中我。

我命大沒被淹死，因為排水溝算淺，只到我的腰部，但我的左前額被腳踏車的踏板擊中，痛得我眼前全黑，幾乎就快昏倒。

我當下有個感覺，我覺得他想殺了我。

我縫了六針，醫生說沒有腦震盪算是幸運，沒昏倒淹死在水溝裡更是命大。阿姨在跟醫生討論我的傷勢時，我的恐懼完全掩蓋了理智，他們問我到底是怎麼掉進水溝的，我扯了個謊，說是自己不小心摔下去的，因為我不想讓阿姨為了他再到學校，我也不想讓老師再把我叫去問東問西，我更不想再跟林文明有任何接觸。

我希望他立刻從地球上消失。

月考週的前幾天，是經常擔任科目小老師的阿和最忙的時候，同學有問題不敢問老師，都會去請教他，阿和向來也很熱心且細心地傾囊相授，毫不保留。

林文明也會來問他。

這個時候的林文明跟平常的林文明完全不一樣，他會變成一個很謙卑的人，用很和善的表情，搭配很客氣的口吻，像是平常欺負我們的事從來沒有發生過一樣地「拜託」阿和。

「我題目都不會，拜託你。」他說。

阿和是個善良的人，他接受了林文明的拜託，如果你是在月考週前那幾天認識我們，那麼你一定會有林文明是我們的好朋友的錯覺。

是的，還是錯覺。

月考週結束之後，他會變回原來的林文明。

我們依然經常性地撞到小便斗而尿濕褲子，我們的麵包依然經常性地掉在地上，我們依然經常性地在走廊被他大聲用髒話嚇到。

一直到下一次月考週之前，他又變成好人。

成了一個不會結束的循環。

或許你要問，為什麼還要幫他？

理由很簡單，因為他報告過老師，說阿和是小老師，為什麼不教他？

還有，我們當時只是國小學生，除了被欺負之後報告老師之外，根本沒有處理這種事情的能力。

本來，我以為他只是邪惡。

人類經過教導才學會善良，邪惡卻不需要學習。

邪惡有很多種，但不管種類有多少，只要是有意造成的傷害，都叫邪惡。

簡單以說謊當例子，說謊是一種惡，從小到大不會有人教你說謊，但說過謊的人卻佔了九五%。或許說謊只是一種小惡，但當某些特定有權有勢的人說了謊，那麼這個謊言將會影響很多很多人，這就已經是大惡了。

我也說謊，而且次數還不少。

但從小把我帶大的阿姨教過我說謊嗎？沒有，我自然而然地會了。

阿和也說過謊，但他爸媽也沒教過他說謊，他也是自然而然地會了。

你呢？我相信你也是。

既然連說謊都不會教了，那殺人放火強姦強盜這些事有人教嗎？如果沒有，那人為什麼做得出來？

在小學五年級那年，林文明證明了他不只是邪惡而已。

在我們學校資源回收區旁邊，有一間擺放掃地用具的小鐵皮屋，裡面還有一部校工的割草機。那間鐵皮屋裡住著我們的校狗，牠叫小黃。那年冬天，牠在鐵皮屋裡生了一窩小狗，沒記錯的話有六隻。

小朋友看到可愛的小狗都很開心，還一隻一隻替牠們取名字，中午剩下的午飯也會拿來給小狗吃。

某一天放學後，林文明鬼鬼祟祟地走進鐵皮屋，沒多久便走出來，手裡抱著一隻黑色的小狗，往學校正在興建中的新教室工地跑去。

我跟在他後面，他繞過工地，來到圍牆旁的兩棵大樹中間，我躲在不遠處，看見他把小狗放在地上，然後從口袋裡拿出一根針筒，他把針筒對著小黑狗，我看見一道因為陽光照射而發亮的液體從針筒裡噴出來，灑在小黑狗身上。

如果不是親眼看見，那當下你可能會懷疑自己的眼睛。

我看到他從口袋拿出打火機……

可曾想過，一個人得有多扭曲多邪惡的心靈，才會做出澆油拿打火機燒死小狗的行為？而且他還只是個國小學生。

他不是人。

他要殺小狗的事情完全是預謀的！

他從家裡帶來針筒和打火機，然後到小鐵皮屋裡抓狗，順便用針筒從吃柴油的割草機裡抽出油來，再把狗帶到一個沒有人的地方，完成他想看著狗被活活燒死的計畫。

「喂！林文明！」我在他點火之前大聲地阻止他。

他嚇了一跳，驚訝地轉頭看我，好像他從沒想過會有人發現他正在做壞事一樣。他的表情隨即從驚訝轉為憤怒。

「幹！你咧銬杯喔？」髒話，可想而知。

「你在幹什麼？」

「幹你娘關你屁事喔？」

「你最好把小狗放了，不然我會告訴老師。」

「去告！快點去告！」

這時小狗唉了兩聲，想要跑走，他蹲下把小狗壓住。

我以為他就要點火，一時緊張，拿起地上的石頭就朝他丟。我丟中了他的身體，他吃痛地叫了一聲，躺在地上哀號。

我趕緊跑過去要把小狗抱走，卻被他狠狠地踹了一腳，他並沒有踹在我身上，而是踹在我頭上。

「幹你娘去死啦！」他說。

我跌到一旁再爬起來的這幾秒鐘裡，他在小狗身上點了火。

我看到一團小小的火球在地上亂竄，世界突然只剩下兩個聲音：小狗悽慘的叫聲，還有林文明的笑聲。

我想救小狗，但他把我踢開，他拉扯著我的頭髮，用力打我的頭，我在一陣混亂和暈眩當中聞到一股刺鼻的氣味，再睜開眼睛時，我看見針筒裡最後幾ＣＣ的柴油全部噴在我的脖子和衣服上，淡黃色的柴油緩緩在白色的制服上暈開。

小狗的叫聲停止了，一團小火球在離我不遠處繼續燃燒著，並且冒著黑煙，空氣中瀰漫著一股毛髮燒焦的臭味。

林文明拿著打火機在我眼前揮舞，「我真想燒死你……」他說。

人類經過教導才學會善良，邪惡卻不需要學習。

當然，我沒有被他燒死。

但對於那天我是怎麼跑掉的，我卻毫無印象。

我只記得那天之後，林文明有好幾天沒有來學校上課，理由是他騎腳踏車自摔，撞傷頭，還摔斷手。

燒小狗的事情在學校鬧得很大，在我去報告老師之前，校工就搶先了一步，他是除了我之外，第一個發現小狗焦屍的人。

林文明並沒有把「作案」的東西帶走，反而丟在原地，比較奇怪的是，地上除了打火機跟針筒之外，還有一地大小不一的碎玻璃。

學校向警察局通報這件事情，主任跟老師們都懷疑是校外的不良人士偷偷跑進學校的新建教室工地搞破壞、殺狗，要求警察近期在學校內部設置巡邏箱，並明文規定，除非有老師陪同，不然放學後禁止學生在學校逗留，且不管任何時候，都不准靠近工地。

我跟阿和說：「狗是林文明殺的，他連想都沒想就直接點火……」

然後我把事情經過一五一十地告訴他，我永遠記得阿和剛聽完的表情，我猜他有那麼幾秒鐘是不相信的。

「那只是小狗耶，他為什麼要殺狗？」阿和一臉不可置信地問我。

「我怎麼知道？」

「你沒問他？」

「我們在打架，怎麼問他？」

「你為什麼不告訴老師？」

「我沒有不告訴老師，我只是……」

「只是什麼？」

「我只是……」

「只是怎樣啦？」

我說不出來。

為什麼說不出來？我說不出一個非常確切的原因，我甚至有那麼一瞬間覺得，就算我跟老師說，老師也不會相信。

我跟阿和討論過，為什麼林文明會是這樣的人。

阿和的媽媽是個醫生，他跟我說林文明的媽媽是他媽媽的病人。林文明的媽媽身體不好，看病還曾經賒帳，家境恐怕也不會好到哪裡去，林文明從小就是外婆帶大的，爸爸從來沒有出現過。

「我媽說家庭不健全比較會出現問題小孩。」阿和說。

「家庭不健全？他還有媽媽，我爸媽都死了，我比他還慘，為什麼我就不會這樣？」我反駁他。

「你去問我媽啊。」

幾天之後，林文明來學校了。

他臉上貼著紗布，手上包著繃帶，右手用繞在脖子上的三角巾掛著，眼睛跟嘴角微腫，看得出來還有一點瘀青。

我不知道有多少人心裡暗自叫好，但我承認我是其一，阿和是其二。

因為他受傷不方便，老師請同學替他蒸便當、拿作業。就在老師請自願幫忙的同學舉手時，沒有任何一個人舉手。

我暗自竊喜，心想這就是報應。這時林文明慢慢地低下頭，接著趴在桌子上，過沒幾秒鐘，他的肩膀開始抽動，遠遠的，我聽見一陣低嗚的哭聲。

「林文明，你是男生，不許哭。」老師有點生氣地訓斥，「你自己平常喜歡欺負同學，現在沒有人願意幫你，是你自己活該！我教書快十年了，沒看過像你劣根性這麼重的學生！」

老師講他的，林文明哭他的，老師的呼吸開始急促，愈講愈氣，「林文明！你最好別再給我哭，你愈哭我就愈生氣！你自己看看全班同學，還有幾個是你沒得罪過的？你再自己想想，從你轉學到我班上到現在，你給我惹了多少麻煩？請你爸媽來學校多少次，他們從來沒有來過！你的家庭聯絡簿也從來沒有父母的簽名，要去你家做家庭訪問，說什麼也不讓我去，你那是什麼家庭？你是什麼亂七八糟的學生？」

老師喝了一口水，深呼吸之後繼續說，「你憑什麼哭？你應該要想想自己轉學來到這個班之後是怎麼對待同學的，現在你受傷了不方便，被你欺負過的人又怎麼會願意幫你？這是你反省自己的最好時機，如果你覺得自己以前欺負同學不對，現在站起來跟同學們道歉！」

老師的話才剛說完，林文明低著頭，慢慢地站起來，「對不起。」他向全班同學做了一個四十五度的半鞠躬道歉，然後坐下，整個過程，他的頭都沒有抬起來。

過沒多久，一個女生舉手自願替他蒸便當拿作業，她是我們班個子最高的女孩子，叫于小涵，同時她也是副班長，更是少數幾個沒有被林文明欺負過的人。

我想全班除了老師跟于小涵之外，沒有人相信林文明的對不起是有誠意且真心的，更沒有人相信他的哭泣是真的。

當天中午，于小涵就被林文明罵哭，而且還被他吐口水，就只是因為便當拿慢了，同學都差不多吃完午餐了。但他完全沒有替于小涵著想，她得先去老師辦公室交完全班的作業簿，才能去蒸飯箱拿便當。

兩天之後，我們班來了一個代課老師，本來的老師請了長假，因為林文明把老師的腳踏車煞車線剪斷，老師出了車禍，摔到腦震盪，而且送到醫院才發現老師懷孕，幸好小孩沒事。

老師車禍的事引起全校老師的關注，有好幾個老師都要求校長請林文明快點轉學，再把他留下來不知道還會有多少人遭殃。如果有任何證據能證明煞車線是林文明剪的，那麼他就不會留下來，更不會有後面的事情發生了。

時間輾轉來到即將畢業的國小六年級下學期，所有同學都會買一本紀念冊，讓同學們寫下祝福，並留存資料，以方便日後聯絡。什麼基本的生日血型星座就不用說了，最愛的歌星、最喜歡的漫畫等等資料也有人留，貼紙貼得整本紀念冊都是，百事可樂、勿忘我的「連體字」更是蔚為風潮。

全班同學都在互換紀念冊的時候，只有林文明被當作空氣。

有一天，我放學騎著腳踏車回家，在路上看見林文明蹲在一道長長的紅磚牆邊，仔細一看，他的腳踏車倒在一旁，他的小腿有一道長長的血痕。

我裝作沒看見，快速地自他身邊經過，我吃過的虧還不夠嗎？被踹下水溝又被腳踏車砸的經驗一次就太多了，他最好摔死，最好！

但他做了一個動作——他伸出手來，朝我揮了幾下，我明知道要迴避，但下意識仍不自覺地用眼角餘光看了他一眼。

他那眼神像是在對我說：「幫我一下，好嗎？」但我沒有回頭，我只是加快速度離開。幫你？你吃大便吧你！我家再兩分鐘就到了，我要回家吃阿姨煮的綠豆湯，夏天吃綠豆湯最舒服最開心了，我怎麼可能幫你，我根本不想幫你！

然後，我心裡那理性的天使告訴我，替他牽一下腳踏車又不會死，把他扶起來更不會少一塊肉。但另一個感性的天使卻跟我說，不需要去幫助一個惡魔，惡魔不需要任何同情。

只是，他剛剛的眼神不停地浮現在眼前，我用力甩了幾下頭，想把那個畫面甩開，但那畫面就出現柏油路上，出現在腳踏車手把上，出現在路旁的牆壁上，出現在我的皮膚上。

這就是惻隱之心吧，我想。

我繞了一圈，回到他摔車的地方。

他看見我騎回來找他，表情透露出一點驚訝。

我把他的腳踏車拉起來架好，然後扶他起身。這兩件事在三十秒之內完成，我一句話也沒說，騎上車就要離開。

「謝謝……」他說。

從我身後不遠處傳來，我超級討厭的他的聲音講出來的一句「謝謝」，有一種奇特的溫暖在我所有的毛細孔上蔓延。

我轉頭問他，「可以走路嗎？」

「應該可以……」

「還要幫你什麼嗎？」

他沒有說話，只是搖搖頭。我也沒有再下車，一踩踏板就離開了。

晚飯過後，吃著綠豆湯當甜點的同時，我把這件事告訴阿姨跟姨丈，他們說，人沒有一定是壞的，只是什麼時候才知道要做個好人而已。

因為阿姨跟姨丈說的話，有那麼幾天，我以為林文明不再是壞人了。

以為。

在畢業典禮之前沒幾天，我在走廊上發呆，林文明走了過來，他沒有跟往常一樣用手肘撞我，然後哈哈大笑揚長而去，他很客氣地跟我說，他想在我的畢業紀念冊上面留下他的資料。

而我考慮了一整天。

阿和跟我說不要，而且態度十分堅決。他說：「周哲你吃錯藥喔？你竟然在考慮？你一定會後悔。」

我也偷偷問了于小涵，如果林文明要簽妳的畢業紀念冊，妳會讓他簽嗎？

我得到的回答是一個不想回答的白眼，外加一句「想都別想」。

「或許，是因為他們從不曾見過會跟別人和顏悅色說話，還講過一聲『謝謝』的林文明吧。」是的，我是這麼說服自己把紀念冊給他簽的。

而我的下場，是在當天放學後，被林文明叫到學校頂樓，眼睜睜看著他把我的畢業紀念冊燒成灰。

他把燃燒中的紀念冊丟在地上，雙手高舉向天，大聲地笑著，「爽！終於報仇了！」

那飄散在空氣中的灰煙像是在恥笑我面對他長久來的霸凌，有多麼無能為力。

人沒有一定是壞的？

06

霸凌之所以可怕，是因為陰影會跟著自己長大。

即便我今年已經三十歲，小時候被霸凌的過程依然歷歷在目，有時不小心夢見還會驚醒，感覺恐懼慢慢從我的肩膀爬上頭皮。

儘管我時常把被霸凌的事情告訴阿姨，而阿姨也到學校多次了解情況，但她總會告訴我，「壞事會過去的，最重要的是不要忘了做一個善良的人。」

我問她：「善良的人會被欺負，為什麼還要當個善良的人？」

她回答我：「因為善良是最珍貴的天賦。」她摸摸我的頭髮，繼續說：「小哲，你就是個有善良天賦的孩子，你媽媽如果還活著，一定很驕傲。」

阿姨是個好人。

我爸媽去世的時候，我才十一個月大。

那是一場車禍，在高速公路上，煞車失靈的貨櫃車撞爛了十多部小客車，有十個人死亡，十七個人輕重傷。

那年阿姨二十一歲，還是個大學三年級的學生。

我五歲大的時候，阿姨到爺爺奶奶那兒把我帶走，因為爺爺奶奶年紀大了，不好再要他們照顧我。

那年她才剛結婚，跟姨丈兩個人在高雄買了房子。阿姨是個幼稚園老師，姨丈是汽車業務。

阿姨在我小學一年級的時候懷孕，那時她興奮得每天翻字典，我問她翻字典幹嘛，她說要取名字。

但那一胎三個月不到就流產。半年多以後，阿姨又懷了第二胎，跟上次一樣，阿姨每天拿著字典，但這一胎更快，才一個多月就不見了。

姨丈的父母對阿姨兩次流產的事情相當不開心，他們表面上表示關心，要阿姨去做一次全身檢查，但在背地裡卻抱怨連連，他們說結婚前就應該搞清楚阿姨是不是一個能生小孩的女人，如果只會懷孕，卻連一顆蛋都孵不出來，那討來這個媳婦真是多餘。

我當時年紀很小，完全不了解這種「老一輩」的觀念，只知道他們很想抱孫子。

阿姨跟姨丈的婚姻原本幸福到會發光，後來卻因為流產的事，兩人開始吵架而失去光芒，流產只是一個開端，吵到後來，任何雞毛蒜皮的事情都能讓一間小小的客廳劍拔努張起來。

本來他們還會在我面前維持表面和平，迴避吵架的事實，後來乾脆就不遮掩了。例如，姨丈會在吃飯時刻意把鐵湯匙丟進盤子裡，發出聲響，表示他的不爽，阿姨就會把那道被敲到盤子的菜收起來，不讓他吃。

這是他們吵架的前戲。

然後他們會開始質問對方，阿姨問姨丈皮夾裡為什麼只剩下三百塊？前幾天才給兩千元生活費不是嗎？姨丈問阿姨為什麼四、五天才洗一次衣服？讓他都沒衣服可以換。

這是他們吵架的起頭。

接著他們會一個先走進房間，另一個過沒幾分鐘就會跟進去。當我聽見清脆的鎖門聲時，兩秒後伴隨而來的就會是高分貝叫罵的吵架聲。

我只能裝作沒聽見，繼續在客廳寫我的作業。

吵到最後，內容一定會落在流產是誰的錯，以及他們兩個都背負很大的壓力。原來生不出孩子是這麼大的問題。

後來，阿姨領養了一隻貓。

她沒有經過姨丈的同意，甚至沒有跟姨丈商量，她只是到學校接我放學，然後去了一個陌生人家，那陌生人似乎是她的好朋友，她交給阿姨一隻貓，然後說了很多養貓的注意事項，順便給了一大包飼料。

我們要離開之前，阿姨的朋友看了看我，她問：「咦？這是誰的小孩？」

「我姊姊的。」

「去世的那個？怎麼小孩這麼大了？」

阿姨回答：「對啊，都七歲多了。」

「妳看我們多久沒見面了，要常來找我啦。」

「好啊。」

「這孩子很乖啊！」阿姨的朋友看著我說。

「對啊，如果是我自己的該有多好。」

回家路上，我在機車後座，抱著阿姨，忍不住對她說：「阿姨，如果妳很想要小孩，我可以當妳兒子。」

阿姨沒說話，我不知道她有沒有聽見。

那天姨丈回來，看見家裡多了一隻貓，馬上認真嚴肅地問我：「小哲，你去哪裡抓回來的貓？」

我搖搖頭，表示這並不是我的主意。

姨丈似乎根本沒看見我搖頭的樣子，他有點生氣地說：「你去哪裡抓的？快點把貓帶回去。」

這時阿姨從廁所走出來，替我解圍：「跟小哲沒關係，貓是我去大學同學那裡帶回來的，我要養。」

那天為了要不要養貓的事，他們兩個又鬧了彆扭，吃飯的時候一句話都沒說，飯後水果的時間，姨丈只分到一片西瓜。

為了要幫小貓取名字，阿姨翻起字典，不贊成養貓的姨丈則在客廳一角翻閱他的汽車雜誌，小貓在他腳邊晃來晃去喵喵叫。

「既然牠這麼喜歡晃來晃去，就叫晃晃啊。」姨丈說，「娶個貓名還翻字典，會不會太誇張？以後有小孩的話，妳最好給我翻爛那本字典。」

晃晃六歲的時候，阿姨再一次拿起那本字典，這次她學乖了，她等到孩子出生之後才翻。

那年我國一。

阿姨的女兒叫懿秀，眼睛很大，腦袋瓜很機靈。阿姨跟我說，以後我就是哥哥了，要保護妹妹，凡事要做好榜樣。

這話言猶在耳，當年才十三歲的我，轉眼間已經三十歲，時間過得很快，彷彿上帝把時間的油門給踩到底一樣。

退伍後我在保全公司待了四年，因為保全工作太無聊，所以姨丈介紹我到他朋友的貨運公司當送貨員，又做了幾年時間。而阿和因為過胖不用當兵，他繼續讀書，後來拿到台大資工碩士，在科技公司當工程師。

原本我還在想，等懿秀考上大學，我要買一部筆記型電腦送給她當禮物，卻因為開始了社工的工作，怕影響全家人，不得不離開高雄，到桃園定居。

二〇一五年年初，冬末，發生了一件驚動社會的新聞。

有個男人跑進一所國小，隨機挑了一個八歲的小男生，把他拐騙到附近的公園，然後在公園的公廁裡一刀割破小男生的喉嚨。

小男生並沒有當場斃命，那男人只是割開了他的頸動脈，然後快速離開現場。小男生痛得摀住脖子衝出公園，路人看到都嚇傻了。

最後小男生被送到醫院，搶救了三個小時，輸了兩萬ＣＣ的血，還是回天乏術。

我是在一間自助餐店吃晚飯時看見這則新聞的，每個新聞台都卯起來報導這起割喉案件。

六點鐘的新聞不停播出路邊監視器拍下小男孩從公園衝到人行道上倒下，路人驚嚇亂跑的畫面。

七點鐘的新聞放送的是小男孩已經搶救三個小時，情況非常危急的畫面。

八點鐘的新聞像跳針一樣重複小男孩已經死亡，他的父母在醫院崩潰痛哭和昏倒的畫面。

一直到九點的新聞快報，警方調閱出附近的監視器，只拍到一張疑似凶手的畫面，畫面裡的男人穿著深色衣服跟褲子，頭戴一頂像是有鴨子圖案的帽子，臉只有一點點輪廓，完全看不清楚。

但這對我來說已經夠了，因為看到疑似凶手的畫面之後不到三秒鐘，我全身汗毛直豎的反應已經告訴我答案了。

沒有意外的話，凶手我認識。

他是林文明。

霸凌之所以可怕，是因為陰影會跟著自己長大。

被命運催生的暗社工

他起身離開，我望著他的背影，心情非常複雜。

他的肩膀寬厚、身材高大，走起路來抬頭挺胸、昂首闊步，

根本不像是一個殺人者該有的樣子。

彷彿他過得心安理得。

07

為了確定我的答案，我先跑到阿和家。

那天晚上的天氣不太好，在去阿和家的路上，高雄的天空開始打雷閃電，有一種等一下就會下起滂沱大雨的預兆。

阿和家的門鈴都快被我按壞了他才慢吞吞地開門，門才剛開，他又一溜煙地不見蹤影，我問他在急什麼，他說他大便剛大了一半，要去把另一半拉出來。

走進他的屋子得跨過很多障礙物，認識他之後，我就知道他生活習慣不好，以前跟父母親同住，還有媽媽替他整理家務，現在他自己搬出來獨居，整間小公寓看起來像是被坦克輾過一樣。

我想在沙發上清出一塊可以容納我屁股大小的空位坐下，誰知道隨便一翻都能翻出已經不知道放了多久的半塊菠蘿麵包，我從來沒看過菠蘿麵包有一半是綠色的，而且還長毛。

廁所裡傳出沖馬桶的聲音，阿和拉著褲子走出來，看我愣在沙發前，就隨意把沙發上不知道多久沒洗的衣服往地上丟，「請坐，周哲哥。」他說。

「喂！你有看今天的新聞嗎？」

「沒有。」說著，他拍拍屁股回到電腦桌前。

「那你快點開電視看！」我邊說邊找遙控器，但眼前的雜亂讓我不知從何找起。

「找遙控器？」

「對啊。」

「不用找了。」

「為什麼？」

「找到也沒用，我根本沒去繳第四台的錢，兩個月前就被剪線了。」

「媽的，那你上網看！」我衝到他的電腦桌旁邊，伸手搶他的滑鼠。

他把我的手撥開，「幹嘛啦，到底要看什麼？我正在忙啦！」

「忙什麼啦？」

「我現在要嘗試駭進雅虎的主站，昨天雅虎的電資安全人員在駭客群聚的社群網路嗆話，說他們的網站安全做得多好，今天我跟朋友說好要給他難看，我告訴你，我甚至早就駭出那個電資安全人員的名字，媽的我連照片都有，就死肥豬一個！」他一臉義憤填膺。

阿和白天是個工程師，晚上是個駭客。

他的技術厲不厲害我不知道，因為我根本不懂，但我曾經親眼看見，短短幾分鐘之內，他就在某個大學學長的部落格上貼滿AV女優的照片。我問他為什麼要這麼做，「這個垃圾根本就是衣冠禽獸，表面彬彬有禮，卻一天到晚騙學妹上床。」他咬牙切齒地說。

他說他曾經駭過日本警視廳的網站，在上面貼了一張柯南。

當時我問他這樣做不怕被抓嗎？他哈哈大笑，我大概就知道他的意思了，接著他說：「周哲，你聽好，我不是駭客，我只是阿宅工程師，懂嗎？」大概過了兩秒鐘，我理解了他的意思，「什麼駭客，我不認識什麼駭客。」

「駭什麼雅虎啦！發生大事了啦！」

「什麼事啦？」

「你先打開新聞來看！」

阿和不太情願地打開網路新聞，我叫他直接點開語音，他邊看邊罵：「幹！割喉耶！小孩耶！隨機耶！太可惡了吧？」這時我搶過他的滑鼠，在割喉凶手的模糊影像上按了暫停。

「你自己看，你覺得這像誰？」我說。

阿和皺起眉頭，慢慢把頭靠近螢幕，就在他的眉頭漸鬆，嘴巴漸漸打開的時候……他打了一個好長的哈欠。

「幹……」我巴了他的頭。

「哎唷看不太出來啊。」

「你再仔細看一次。」

「這……誰啊？」

「你覺得像誰？」

「我不知道啦！」

「像不像林文明？」

「幹……」阿和聽到這個名字，整個人往椅背上靠，瞪大了眼睛看著我，「咦？好像真的有點像耶……」

「連你也覺得他像林文明對不對？」

阿和又把眼睛湊到螢幕前面，「媽的……你這麼一說好像真的是耶！」

「所以我才趕快來找你確認啊！」

「機掰咧，我整個雞皮疙瘩都起來了啦！」阿和用力搓著自己的手臂。

「所以我們兩個人確認過，八成不會錯！」

「媽的怎麼辦？我們現在去跟警察講嗎？」

「不，等一等，」我說，「我問你一個問題，你要很誠實地回答。」

「你說。」

「你剛剛發現他是林文明的時候……」

他打斷我的話，「等等，我只是覺得像，沒有百分百確定喔。」

「好，你剛剛發現他可能是林文明的時候，心裡的第一個感覺是什麼？」

「覺得很恐怖啊！」

「好，恐怖之後呢？」

「還是恐怖啊！」

「這就是我要問你的，你在覺得恐怖的同時，有沒有一種恨在裡頭？」

「恨？」他邊說邊在空氣中描出恨字。

「對，恨。」

阿和陷入幾秒鐘的思考，然後轉頭看著我，「好像……沒有耶……」

「沒有？」我有點驚訝，「小學時我們被他欺負得那麼慘，為什麼你不恨？」

「我換個方式說，我確實很討厭他，但那些事都過去那麼久了，我們都三十歲了。」

「那我也換個方式問，現在讓你站在他面前，你會跟他打招呼？當作沒看見？還是想從他身上得到為什麼以前要霸凌我們的答案？」

「我會裝作沒看見。」

「確定？」

「確定。」

聽見阿和的答案，我陷入一陣沉默。

「你想問他以前為什麼要霸凌我們？」

我轉頭看著阿和，斬釘截鐵地點頭，「對。」

「現在？」

「對，在我們告訴警察他就是割喉凶手之前，我想先當面問他兩個為什麼。」

「哪兩個？」

「第一，為什麼要欺負我們。第二，為什麼要殺小孩。」

「我覺得你應該會揍他。」

「如果必要或忍不住的話，是的，我會揍他。」

「周哲，我們認識這麼久，我了解你的脾氣跟固執，也可以理解你想問個明白的動機，想揍他就更不需要理由了，但是……」

「但是什麼？」

「但是我們沒有辦法百分之百確定他就是凶手啊。」

「不然呢？」

「我們再去問一個人。」

「問誰？」

「于小涵。」

「啊？」

「她住在這附近的一棟大樓。」阿和說。

到于小涵家樓下時，我其實有點緊張，阿和知道我在小學畢業前曾經寫過一封信想跟她告白，卻沒有勇氣把信交給她，而那封信夾在畢業紀念冊裡，被林文明一把火燒掉了。

大樓管理員打電話上去，沒多久于小涵就下樓了。

十八年沒見，她的身高跟小學時幾乎一樣，只是人變得更漂亮了。

我問阿和，為什麼他知道于小涵住在這裡？

他說：「她本來在台南上班，才剛搬回來高雄沒多久，她公司在我公司旁邊，我們中午吃飯的時候常在附近餐館遇見。」

于小涵第一眼見到我，指著我的臉說：「你是……周皓哲？」

我笑著點點頭，「對啊。」

「天啊，你小時候很矮，現在長這麼高。」

「對啊，妳都沒長高。」

「欸，好歹也有一六五好不好。」

「妳小六就一六三了。」

「我國一就一六五了咧。」她說。

小時候于小涵給我的感覺就是凶凶酷酷的，沒想到長大之後變得這麼健談。

「說，找我幹嘛？請我喝咖啡嗎？」于小涵把雙手抱在胸前。

「呃……妳有看今天的新聞嗎？」阿和切入正題。

「有啊。」

「那妳應該知道那個割喉的……」

「我知道啊，超沒天良的，怎麼會殺一個孩……」

我打斷她的話，「那妳有沒有看見凶手被拍到的監視器畫面？」

「有嗎？有拍到嗎？」

「有，剛剛九點的新聞快報有畫面。」

「喔，我只看了一遍新聞就關電視了，現在新聞看太久會心情不好。」她說。

這時阿和拿出手機，找到新聞畫面，定格之後拿給于小涵看。

「妳有沒有覺得這像誰？」我說。

她拿著阿和的手機，一樣皺著眉頭，螢幕愈看愈近，「有點不太清楚，咦？他……」她指著手機，話好像梗在喉頭。

「是不是……好像認識？」

「好像……有點……眼熟。」她咬著指甲說，「叫……哎呀我想不起來他的名字……天啊等等……你們該不會想告訴我，說我認識的人殺小孩？」

「我可以跟妳說凶手是誰。」

「誰？」

「林文明。」

「林……」于小涵非常吃驚，「是那個很可惡的林文明嗎？」她又把照片拿過去再次確認，「你確定？真的嗎？」

又一個不確定。

好吧！既然我不確定，阿和不確定，于小涵也不確定，那就更加深了我一定要得到答案的決心，我心想，「既然都不確定，那就去問他啊！」

阿和沒有把我的計畫告訴于小涵，也擔心她會跑去報警，他還說了我們會立刻去向警方提供資料。

我問阿和，知不知道林文明家在哪裡。

他說了一個地址，是我們小學附近大家都熟悉的地方。

「阿和，給我十二個小時，明天上午十一點之後你再去報警。」我說。

阿和問我，為什麼我一定要這麼做？「去問他為什麼有這麼重要嗎？」這是在我離開他家之前，阿和問我的最後一個問題。

我沒有回答他，因為我不知道要怎麼說才說得清楚。如果你說「周皓哲只是為了去報小學被霸凌的仇罷了」，我也會承認。

「林文明就是個不值得活在世界上的廢物。」

去林文明家的路上，這句話不停在我心裡面重複著。

承認吧，有些人就是不值得活在這個世界上。

林文明家位於一棟五層樓高的公寓，他住在三樓。我到的時候外面停了一輛警車，旁邊還有兩部警用機車，門口站了四個警察。不知道為什麼，我像是想幹壞事般地躲在他家對面的街角，看著他家的一動一靜，「警察已經查到他是凶手了？」我心裡這麼猜測著。

我四周看熱鬧的附近住戶開始變多了，一旁的婆婆媽媽嘴巴沒閒過，不停嘰嘰喳喳地討論著，我因為專心注意狀況的發展，所以沒注意聽她們在說什麼，只覺得她們非常吵。

沒多久之後，三樓發出玻璃碎裂的聲響，伴著一陣叫罵聲。圍觀的人一陣驚呼，門口的四個警察又衝進去兩個，留在門口的一名警察開始呼叫警網支援。樓上叫罵聲持續不斷，夾雜著警察的喝斥聲，我身旁的婆婆媽媽開始有人叫喊著：「哎唷等一下警察會不會開槍啊？會死人啊！」

沒幾分鐘，我看見兩個警察把一個男人架了出來，還有三個警察跟在後面。那個男的嘴裡髒話不斷，三樓傳來小孩的哭聲。

我可以確定那不是林文明，因為他看起來非常年輕，應該才二十出頭，年紀相差太多。

警察把那個男人押上警車，這時救護車來到現場，醫護人員迅速衝進房子裡，大概五分鐘之後，他們用擔架抬出一個女人，滿臉是血，衣服上更是血跡斑斑。跟在擔架後面的是個阿姨，她手裡抱著一個可能不到一歲的嬰兒，滿臉驚慌。

記者不知道什麼時候來的，他們衝到擔架旁邊拍攝，拿出麥克風問題問個不停，閃光燈也閃個沒完，受傷的女人一句話也沒說。用一個很噁爛卻很貼切的形容詞來說，如果擔架上的傷者是會走路的大便，那記者就是繞著大便團團轉的蒼蠅。女人很快就被救護車載走，記者轉而包圍那位抱著嬰兒的阿姨，我猜那是傷者的媽媽，她懷裡的是傷者的孩子。

等到所有警察、醫護、記者跟民眾全部離開，已經是半個多小時以後的事了，這期間我從附近住戶的討論當中得到了答案。那個男人是一個有多次家暴紀錄的煙毒犯，他在假釋期間又溜回前妻家裡要錢，前妻報警，他就把她打到頭破血流。

總之，又是一個不值得活著的廢物。

我在街角點起一根菸，藉以平復自己的心情，在吞吐間揣想著，林文明會不會在家？如果他在家，那我要先說些什麼？又如果他早就已經搬走了，我該去哪裡找他？心想的問題都還沒有答案，公寓門就被打開，走出一個男人的身影，他背著一個背包，手裡還提著一個大行李袋。

他身上穿的衣服跟新聞畫面裡的完全一樣。

他看起來有些緊張，不用想也知道，肯定跟警察剛剛來過有關係，他先是東張西望了一會兒，確定警察已經離開，才快步走出公寓大門。

我跟了他一小段路，一直保持大概十幾二十公尺的距離，他愈走愈快，像是趕著要去什麼地方，我也開始加快腳步。

眼看前面走出街口就是大馬路，心想如果他一轉彎我可能會跟丟他，乾脆把心一橫，直接大聲喊出他的名字。

「林文明！」

他停下腳步，回頭看了一眼，我朝他揮揮手，降低他的戒心。我怕他以為我是便衣警察，拔腿就跑。

「你誰？」他說，操著台語。

「咦？認識那麼久，你忘啦？」

「幹你娘囉嗦三小？問你是誰不會講喔？」他表情凶狠，一臉橫肉。

十八年沒見，他的樣子變了很多，但邪惡的眼神一如以往，可以從這裡輕易地認出他來。

其實我是緊張的。

阿和說的對，我找他好像只是想要報仇……不，我就是要報仇的。但真的面對面之後，報仇的心態反而讓自己表現得不太自然，像是要壓抑或隱藏某種情緒。

我不斷告訴自己，冷靜點，自然點。

「我是你同學。」我說。

「什麼同學？騙三小？恁杯沒同學啦！」

「我知道你的名字耶，你還不相信？」

「你再不講我就不客氣了喔。」

「這麼凶幹嘛？態度可以好一點嗎？」我刻意帶著微笑調侃，一邊拿出口袋裡的菸招待他，「來啦，抽根菸。」

他看了看菸，又看了看我，收起幾秒鐘前的凶狠，但他並沒有接過我手上的菸。

「我是你國小同學周皓哲。」我說。

他皺起眉頭思考，像是在翻查自己的回憶，「周皓哲？」他重複著我的名字。

「對啊，你很愛欺負我。」

「喔！是你喔！」他想起我來，整個表情豁然開朗般地展開笑顏，「欸！好久不見耶！」

「對啊，十八年了。」

「幹，對耶，十八年了，啊你怎麼長這麼高？」

「哪有很高？才一八二。」

「一八二很高了，我號稱一七〇，其實才一六七咧。」這時他才放下手上的行李，拿過我的菸，自動點起火來。

「啊你怎麼會在這裡？」他說，說完吸了一口菸。

「經過，看到一個很面熟的人，想說叫叫看，沒想到真的是你。」

「喔！是這樣。」

「怎麼樣？十八年來過得好嗎？」我閒話家常般地問候著，緊張的情緒已經消失。

「哪有什麼好不好，還不是都一樣。」

「都一樣壞？」

「沒什麼好壞啦，就有一天沒一天這樣過啊。」

「不，我問的是，你十八年來都一樣是個壞人？」

「什麼壞人？幹嘛這樣講？」

「這不能怪我啊，小時候被你欺負得那麼慘，對你只有壞人的印象啊。」

「那是小時候啊，我小時候比較調皮而已啦，你幹嘛一直記得？」

「我比較會記仇嘛。」對啊，我不只記仇，我還來報仇了。

「老同學了，不要記仇啦。」

我指著他的背包跟地上的行李，「你這樣大包小包，是要出去旅行喔？」

「沒啦，就隨便出去走走而已啦，還旅行咧。」

「要去哪裡玩啊？」

「隨便啦，走到哪裡算哪裡啊。」

接著我看了看手錶，「半夜十二點半出門去玩，你明天不用上班？」

「喔，啊就放假啊，呵呵呵呵。」他癡呆地笑著，刻意裝出親切的樣子，但看起來愚蠢至極。

「所以你在做什麼工作？」我說。

「就……呃……普通上班族啦。」

「是喔？公司是做什麼的？」

「就……那個……哎呀不重要啦。」

「喔！也是，不重要。」媽的放屁！你根本沒工作吧？遊手好閒的社會敗類吧？

「啊你咧？」

「我就送貨司機啊。」

「那也不錯啊，這年頭有工作就好了。」他說。

「欸！好不容易遇見，我們去海產攤喝兩杯？」

「不要啦，我大包小包的，不方便啦。」

「不會啦！我幫你拿嘛。」我伸手要幫他提行李。

「不用啦。」他把我的手撥開。

「海產攤喝兩杯聊聊嘛，我有很多問題想問你耶。」

「現在不方便啦。」

「哎唷不要客氣，我請你啦。」

「真的不方便啦。」

「你很不給面子耶。」

「哼，說什麼面子？」他有點失去耐性，「就跟你說不方便，而且我剛剛就說我要出去走走，現在要去趕車，你是在講什麼面子？」

「是喔？你確定是要趕車？」我態度不變，語氣更酸。

「對啦，我要去趕車啦。」

「不是要跑路？」我說。我可以想像此時我的表情有多麼惹他生厭。

聽到跑路兩個字，林文明的臉色立刻大變，凶狠地把菸蒂往地上一丟，指著我的鼻子就開罵，「幹你娘咧你在講三小？」

「我說跑路啊。」

「幹！你最好……」感覺他話說一半又吞了回去，表情變得有點複雜，接著他說了一句話，「你是條子？」

我搖搖頭，「不是。」

我話才剛說完，他抓了地上的行李拔腿就跑。我一個反應拉住他的背包，把他整個人往下扯，他重重地摔在地上。

他甩掉行李，從褲袋拿出一把折疊刀，才正要爬起來，我一腳踩在他拿刀的手上，然後用另一隻腳的膝蓋重擊他的臉，那瞬間我感覺到有東西碎了，我猜是他的鼻梁，他直接昏倒在地上，鼻孔不停冒出鮮血。

他昏倒了。

我把路邊的野草揉爛，塞住他的鼻孔，但鼻血流量有點多。在黑夜昏黃的燈光下，滲滿鼻血的野草看起來像是爆出鼻孔且會發亮的鼻毛。幾分鐘後鼻血止了，他嗯嗯嗚嗚地漸漸清醒，此時我突然興起一個想法，「他不能醒，這住宅區夜深人靜，如果有人打架，附近的住戶肯定會報警，我必須把他帶離開這裡。」所以我又朝他臉上補一拳。

我攔了一部計程車，把他跟他的行李搬上車。司機問他怎麼了，我說他喝醉了撞到電線桿，把鼻子都撞歪了，要先回公司宿舍再帶他去看醫生。

這時我的身體開始不自覺地發抖，無法控制，我有些害怕，又感覺到興奮，兩種極端的情緒加劇了我的呼吸心跳和發抖的頻率。

我開始在想，帶他到我公司之後呢？要幫他治療他的鼻子嗎？應該先綁住他吧？綁在哪裡呢？是不是要先把公司的監視器關掉？不行，關掉會有時間紀錄，而且我隔天一定沒辦法在眾目睽睽之下重新打開監視器，我應該把他綁在監視器看不見的地方，但哪裡是監視器看不見的地方呢？廁所旁邊的小空地？後倉庫隔壁的小房間？要綁在柱子上還是椅子上？還是乾脆綁在廁所？那該用繩子還是用膠帶？要矇住他的眼睛嗎？要先把他的手機拿走吧？如果他等等講話還很嗆，要不要再揍他一頓？或者乾脆先把他的手打斷？要不要拿剪刀亂剪他的頭髮，剪成被暴力集團追債的垃圾模樣？

還是乾脆把他殺了？

「殺了？」我下意識地喃喃重複這兩個字，身體依然不自覺地發抖。當時的我並非神智不清，但平時從不曾出現的瘋狂想法不停從我腦中竄出來，我想讓他痛苦，我想讓他感覺到小學時被霸凌的恐懼，我要讓他知道，善良的人不是該被欺負的。

我並不害怕，我真的一點都不害怕，相反的，當我看著被膠帶及束帶綁在椅子上的林文明，我甚至感覺到愉悅。

我從不曾等待這一天，但老天爺送給我這一天，你終於落在我手裡了。

我把他綁在沒有監視器的後倉庫旁的小房間裡，那裡是公司收放空白表單跟大量辦公文具的地方。

我拉了一張椅子坐在林文明面前，雖然我發抖著，心情卻非常輕鬆，手上拿著從員工冰箱裡摸來的啤酒，我一口一口緩緩地喝著，感覺那陣冰涼直衝我的胃。

他醒了，就在我啤酒喝完之際。他發出一陣悶哼，我猜在他醒來的同時，傷處的痛覺瞬間就刺入腦內掌管神經的部位。

「幹你娘你到底要幹嘛？」不意外，林文明醒來的第一句話就是髒話。

「同學，講話要有禮貌。」

「禮你娘啦幹！你最好把我放了，不然我一定殺了你！」

「你說什麼？再說一次。」

「幹你娘我要殺了你！」才講沒幾句話，他就開始歇斯底里。

「喔，這樣啊……」

我捏扁手上的啤酒罐，丟到一邊，然後走到一旁的櫃子，拿起一支新的釘書機，裝上釘書針，走到他的旁邊。

「來，再說一次。」

「幹你娘啦！」

沾滿鮮血的爛野草掉到他的胸前，染紅他的衣服。我哼笑一聲，拿起釘書機，輕輕敲了一下他腫得跟雞蛋一樣大的鼻梁，當他痛得大叫的時候，我在他的下嘴唇釘了一針。

他的慘叫震得小房間的輕鋼架天花板發出聲響，我感覺到一陣舒暢。

「林文明，你聽好，我只有幾個問題問你，問完了我開心了，可能會放你走。你好好說話，雖然我媽早就死了，但你最好別再讓我聽到你想幹我娘。如果你不配合，我不知道你的嘴唇可以釘幾根釘書針。」我說。

我話才剛說完，「幹你娘啦！」他死性不改。

「好吧，那我們來打個賭，看你能挨到第幾針才會乖，我猜……五針？」我說。

結果我輸了。

我釘上第四針的時候，他流下眼淚，開始求饒。

是的，我甚至感到愉悅。

09

「來，第一個問題。」我不顧他的哀號，也不管他有多痛，他一臉痛苦仰著頭擠著眼睛汗流滿臉的樣子對我來說是興奮劑。

我撩起我額前的頭髮，指著左上額頭說，「你看看這個疤，你記得這個嗎？」

他沒有回答，只顧著哭跟求饒，整個小房間充斥著他的哭聲和慘叫，「周皓哲……阿哲……哲哥……拜託你……拜託你……」他不停重複著。

真好笑，阿哲、哲哥都叫出來了，我眼前這個人怎麼這麼犯賤？

「不需要叫我什麼哥，你仔細看看這個疤痕，這是你的傑作耶，你忘了？」

「我不知道啊……對不起啊……」

「還記得那個你把我踹下去的水溝嗎？那個水溝已經不見了，旁邊蓋了高樓，水溝被填平了變成馬路，好可惜喔，不然應該換你去嚐嚐在下面被腳踏車砸到頭的滋味。」

他持續哭喊著。

從他不停求饒開始，我的視線就不曾離開他嘴唇上那晃來晃去的四根釘書針，不規律但整齊地隨著他的顫抖一起律動。

「文明哥，請問你，為什麼這麼喜歡欺負我啊？」我口氣冷冷地說。

「嗚……」

「你最好給我好好回答。」

「我不知道啦……」

「不知道？這不是答案。看樣子得再補幾針。」

「哇！不要啊！」

他又哭叫了起來，但我沒有理會。

這次我不是釘在他的嘴唇，而是打在已經瘀血到接近靛藍色的鼻翼上。

「你不要再釘了，我講……我講……」

「OK，請講。」

「我不是故意的……我只是覺得好玩……原諒我……對不起……」

「好玩？不是故意的？你把我跟阿和欺負成那樣不是故意的？」

「真的啦！我只是覺得好玩，真的真的真的……」

「所以欺負其他同學也很好玩？」

「對……真的、真的就是好玩……真的真的……」

「你知道我們並不覺得好玩嗎？」

「我不知道……啊不，我知道，我現在知道了……對不起……」

「你沒想過會有這一天吧？」

「沒有……沒有……我該死……我活該有這一天……」

「你覺得，我會原諒你嗎？」

「不會……可是拜託你原諒我……」

「不用拜託，因為我不會原諒你。」

「嗚嗚嗚……」他開始痛哭起來，像是我說完這句話就會要他的命一樣。

「照你剛剛回答的邏輯啊，我覺得很有道理，好玩嘛，事情好玩就好囉，」我把臉湊近他的臉，「我覺得拿釘書機釘你的嘴唇很好玩。」說完，我在他另一邊的鼻翼又釘了一針。

他的眼淚不停地掉下來，哭喊聲震得我耳膜嗡嗡作響，等他稍微安靜了一些，我又問他，「今天下午公園那個小男孩是不是你殺的？」

他突然收住了哭聲，瞪大眼睛非常驚訝地看著我，眼裡透露出的訊息像是在問我：

「為什麼你知道是我幹的？」

「所以你大包小包的，就是要跑路嘛。」

他沒說話。

「剛剛你家樓下一堆警察，而且你鄰居還被抓走，你那時候一定很驚恐，對吧？」

他沒說話。

「那種驚恐的感覺很不好，對吧？」

他沒說話。

「想知道為什麼我知道你是凶手嗎？」

他還是沒說話。

「因為你的臉我永遠都沒辦法忘記，你帶給我的恐懼陪著我一起長大了，所以當新聞一播出凶手的樣子，我就知道是你，你看看，我多麼想念你啊。」

「我不是故意的，我沒有要殺他的意思。」

「又不是故意的，換個新台詞可以嗎？」

「我真的不是故意的，我只是要嚇嚇他……」

「你文明哥曾幾何時只剩下嚇小孩子的能耐了？」

「真的……真的……我只是要嚇嚇他……」

「你割開他的喉嚨，然後說你只是要嚇嚇他？」

「真的……真的……」

「真你娘啦！」

想起那些新聞畫面，我心裡突然一陣激動，怒不可抑，掄起拳頭就往他臉上跟身上猛打。他牙齒斷了，吐出幾個小碎塊之後昏了過去，我的拳面跟手腕隱隱作痛，還因為打到自己釘上去的釘書針而割傷，他嘴唇上的釘書針被我打到只剩下一根還勾在上面。

我沒有也不想給他休息的機會，我很快地到廁所提來半桶水把他潑醒，然後又去偷了一瓶啤酒來喝。

時間是凌晨兩點，距離我跟阿和說的早上十一點報警的時間還有九個小時，這時我腦袋裡一片空白，我甚至想不到接下來要對他怎麼樣。我只知道我心裡有個聲音一直在告訴我：「再做點什麼吧，讓他更慘更痛一點，不然就這樣交給警察太可惜了！」

我陷入思考，他也不敢再跟我說話，我就這樣坐在椅子上跟他面對面，一句話也沒說地過了一個多小時。旁邊的電風扇擺頭齒輪因為老舊的關係喀喀作響，伴隨著風扇轟轟地低鳴，替安靜的小房間伴奏著沒有旋律的曲子，對他來說，這聲音或許是一種喪鐘，因為再過幾個小時，他就要被我帶到警察局。

他早就停止了哭泣，也沒有再求饒，只是一臉痛苦又極度疲憊的樣子，像是他這輩子從來沒有這麼累過。

「你最好別給我睡著，」我打破了一個多小時以來的沉默，「你這種垃圾連睡覺的權利都沒有。」

「媽的……」他說話了，「你到底要怎樣？」他的態度變了，我猜他的情緒已經到了崩潰邊緣。

「我要怎樣？我天亮之後就會把你交給警察。」

「最好……那我一定要告你……」

「你說什麼？」

「我一定會告你！告你！告你！幹你娘的我一定要告死你！」他似乎使出了最後的力氣在叫罵著。

「哇哈哈哈哈哈！」我大笑起來，「林文明要告我耶，人渣廢物如林文明，竟然說要告我耶，你說說看要告我什麼？」

「你把我打成這樣，我要告你殺人未遂！」

我笑得更大聲了，「殺人犯要告我殺人未遂？」

他開始歇斯底里，「殺人犯又怎麼樣？殺小男生又怎麼樣？幹！他就是白目啦！他就是該死啦！他就是欠殺啦！幹你娘的不能殺啊？在台灣殺幾個人會怎麼樣嗎？我死不了啦！幹！我告訴你啊周皓哲，只要是能告死你的罪名，我一定全告，我要告到你進來陪我一起蹲監獄，我會在監獄裡面給你非常特別的待遇，你一定會爽歪歪啦！幹——」

最後這一聲幹，他拉了長音，漲紅著臉，幾近瘋狂地吼叫，脖子上浮出來的青筋大概有小指頭那麼粗。

「哈——」我刻意打了個哈欠，「你繼續做夢沒關係，我會陪你這種垃圾蹲監獄？別鬧了，文明哥。」

「那更好，等我關出來，你最好不要被我找到……」

「你不會出來的啦。」

他沒有理會我，繼續惡狠狠地盯著我說，「我出來之後，我會找到你，連你的家人、朋友，全部一起殺掉，你最好不要結婚有小孩，不然我會像割那個小男生一樣割掉你的小孩的喉嚨，你想不想知道割掉人的喉嚨是什麼觸感？我告訴你，一開始就軟軟的，再深一點就會像割到硬東西一樣有點卡卡的，這時候你就知道旁邊的聲帶跟食道都割斷了，然後……」

我沒有再聽他繼續說下去，我心中的怒火已經屆臨極限。

我走到他面前，先用力地扯掉他嘴唇上最後一根釘書針，然後拿膠帶緊緊地黏住他的嘴，接著確定綁住他的膠帶跟束帶是不是還能確實限制他的行動，為了以防意外，我又從外面拿了綁貨物的繩子進來，在他身上捆了一圈又一圈。

我把小房間的燈關了，鎖上了，電風扇也關了，然後離開公司，徒步走到約一公里遠外的加油站，買了五十塊柴油。

是的，一定要柴油。

我走回公司，開了門，拉了一輛推車，把柴油掛在把手上面。開了燈，替他鬆了繩子跟膠帶，只留下綁住手腳的束帶。把他拖出小房間，接著一腳把他踹倒，讓他倒在推車上面，然後推著車子，往公司後面大概五百公尺外那一大片荒涼沒路燈且幾無人煙的重劃地前進。

他老兄嘴巴沒閒著，一下子問我到底要幹嘛，一下子又滿嘴髒話要幹我娘，一下子又求饒拜託我放了他，一下子又哭叫又哀號的。

我一句話也沒說。

到了重劃地，我把他踹下推車，讓他倒在地上。

此時時間是凌晨四點半，我拿出手機，打開背燈，蹲到他的面前，把光線往他的眼睛照過去。

適應了周遭的黑暗之後，他的眼睛受不了強光，整個無法睜開。

「最後的問題。」我說，「你知道嗎，這是我真正想問的，但是……其實你回不回答都不重要了。」

「啊……」

「林文明，記得小學你燒死小狗的那天嗎？你憑什麼燒死小狗？」

他沒說話，表情極度恐懼。

「嗯，我知道你回答不出來，所以算了。那你記得你燒死小狗之後，對我說過什麼話嗎？」

他顫抖著說不出話來，眼淚不到三秒就盈滿了眼眶。

「你說，你真想燒死我，還記得嗎？」

他開始大叫並且下跪。

我拿出口袋裡的香菸，點了一根，把煙吸進肺裡，深深地呼吸了一口氣。我抬頭看向天空，天氣很好，半圓月亮高高掛著，四周都沒有光，星星明顯多了起來。

我把菸熄了，拿了推車上的柴油淋在他身上，手握著打火機，在他眼前晃啊晃的，這時黑夜寂靜中傳來一陣水聲，原來他嚇得尿濕了褲子。

你知道嗎？我一直以為，如果真的要殺一個人，就一定得泯滅自己的人性才行。

但是，我發現，現在我要殺了眼前這個人，其實是因為自己太有人性。

在他縮到最小的瞳孔裡，反射出我手上的打火機。

「我，會燒死你。」我說。

因為我太有人性。

10

遠處陰灰天空中的厚厚雲層破了一個洞，陽光從中穿過灑下的樣子，像是有神仙要下凡，在涼亭裡下棋的老人們談笑起來，似乎很滿意剛剛精彩的對奕。

而我眼前這個人剛剛親口告訴我，他在小學的霸凌者身上淋滿柴油，然後點火。

「他不只是霸凌者，他還是一個殺人凶手！」周先生義正嚴辭地強調著。

「你說的，是去年底發生在高雄的公園割喉案？」

他點點頭，「對。」

「新聞報導警察花了一個星期查出凶手，但凶手已經遠走高飛了啊。」

「他並沒有遠走高飛。」

「所以……你真的……殺了他？」我有點不敢置信地再一次確認。

他沒有回答，一邊嘴角微微上揚看似冷笑，似乎不覺得他殺人這件事有任何不妥，甚至我還覺得他很驕傲。他拿出口袋裡的菸，接著拿出打火機點燃。眼前這個畫面讓我不寒而慄，那根被點燃的香菸就像是林文明，唯一的差別只是香菸被燃燒的是菸草，而林文明被燃燒的是身體。

是生命。

「周先生，我理解你對林文明的仇恨，我也認同他絕對必須受到教訓，但是……用火燒……你不覺得很殘忍嗎？」

「你真的理解我的仇恨的話，就不會說我殘忍了。」他悶哼了一聲，發出一陣冷笑，我感覺整個背部的皮膚緊繃，像是所有的毛細孔同時緊縮起來，「趙先生，對他這種人，殘忍只是剛好而已。」他非常冷靜地說。

我寒毛直立，整個人僵在原地，腦袋裡一片混亂。

我身邊坐了一個殺人者，這個人跟我在網路上信件往來了兩週，要求我替他寫故事，故事內容正是他殺人的自白書，而我正在替他保留證據？

我會被他殺掉嗎？我會不會也跟林文明一樣被淋上柴油活活燒死？

「周先生，我再跟你確定一次，你剛剛說的那些，是在開玩……」

「我不是在開玩笑。」他打斷了我的話，「林文明的所作所為和我受到的霸凌，以及他就是割喉案凶手的事情，全部都是真的。」

「那……我……」

「你怕我也殺了你？」

「當然怕！」我站起身來，退了兩步，「我能不能現在解除你的委託，反正我們剛剛的委託合約上也沒有硬性規定彼此的義務，我就當什麼都不知道，我什麼都沒聽到。」我用盡全力才得以保持冷靜說話，但其實我早就冷汗直流。

「趙先生，請你先坐下，我不會傷害你，我看起來像壞人嗎？」

「這不是像不像的問題，你是殺人凶手啊！」

「我不是殺人凶手。」

「你是啊，你剛剛明明說……」

「請你先坐下，你愈說愈大聲了。」他用眼神暗示我，離我們不遠處還有幾個老先生在涼亭裡，「你不怕被他們聽見？」

「不，我不要坐下，我要解除委託。」

他轉過頭去，深呼吸一口氣，他寬廣的肩膀和厚實的胸膛起伏幅度在在訴說著，他正努力地壓抑自己的情緒，我立刻意識到，我現在的應對方式怕是會激怒一個燒死割喉案凶手的……另一個更健壯的凶手。

但我很害怕呀！

「趙先生，你要解除我對你的委託，這當然可以，你現在就可以走了，但在你離開之前，我想問你最後一個問題，等我們討論完這個問題，你就可以離開。」他的語氣比剛剛和緩許多，我知道他必須如此才能把我留下來。

「好，你問。」

「我想問的是，在這件事情上，我錯在哪裡？」

他最後五個字說的鏗鏘有力，語氣雖然平靜但非常堅定。這句話像是一把利劍，直接穿過我的腦門。

「你錯在你殺人了。」我說，而且我確認這是正確答案，但不知道為什麼，說完這答案之後才沒幾秒鐘的時間，我竟感覺到……錯誤？

明明是正確的答案，我卻有錯誤的感覺，為什麼？

我看著他的眼睛，他銳利有自信的雙眼直射出一股慨然正氣，我知道他錯在哪裡，我也回答了他錯在哪裡，但我卻躲避了他的視線，我的心虛昭然若揭。

「那我再問你，」他說，「如果林文明被抓了，經過漫長的審判程序，不管幾審之後，終於確定死刑定讞，這之後又拖了好多年，最後他終於被槍斃，是不是說明了他本來就該死，只是死在哪裡的差別，對吧？」

「對，但那是經過法律判決的。」

「是的，那是經過法律判決的，法律確實很重要，」他摸摸嘴唇，「那麼如果情況不同，經過漫長的審判程序，不管幾審，他最後竟然沒有被判死刑，被關了好幾年之後，他被放出來，繼續他的惡行，哪天又有另一個孩子在公園裡被割喉，請問你，法律為他手上的兩條孩子的性命做了什麼？」

我呆站在原地，說不出話來，我們沉默了至少有五分鐘的時間，我不斷思考著他剛剛所說的話。

「所以，」他輕聲和緩地打破沉默，「請你再回答我一次，我做錯什麼？如果你依然覺得我錯了，而且錯得離譜，那麼，你現在就可以走了。但如果你心裡有那麼一點點認同我的做法，只要一點點就好，就請你坐下來，聽我把後面的故事說完。」

「請你……給我一點時間……」我說。

「好，」他點點頭，「雖然現在是早上十一點，天氣也陰陰涼涼的，但如果你不介意的話，我想去買瓶啤酒，你要來一瓶嗎？你看起來很需要。」

「是的……我很需要。」

他起身離開，我望著他的背影，心情非常複雜。

他的肩膀寬厚、身材高大，走路抬頭挺胸、昂首闊步，根本不像是一個殺人者該有的樣子，彷彿他過得心安理得。

而我呢？

我曾經有很好的社會地位，我也有過很好的名聲，跟我相比，他可差得遠了。但我只是酒駕肇事，名聲地位便一落千丈，走在路上深怕被認出來而遭到冷言冷語嘲諷謾罵，只能過得像過街老鼠，縮頭烏龜。

他把啤酒遞到我的眼前，將我從深層的思緒中拉回現實。

「金牌啤酒，很好喝。」他說，露出笑容。

「謝謝，多少錢？」

「不用，請你。」

「好，謝謝。」我拉開拉環，猛喝了好幾口，任由氣體刺激我的口腔和食道。

「你想好了嗎？」

「嗯，想好了。」

「請你先坐吧。」他坐下之後邀請我。

我緩緩坐回椅子上，但仍刻意保持距離，「你剛剛那個問題，」我把啤酒放到兩人中間，「如果真要討論，最後會變成辯論，其實是討論不完的。」

「不會，」他很有自信地說，「你只要覺得有錯，現在就可以離開。」

「其實，我依然覺得有錯。」

「喔？」

我點點頭，「是的，法律是社會公義的最後一道防線，即使它總是令人失望，但它必須存在，只是，你剛剛的故事讓我想起一本書。」

「什麼書？」

「那本書叫《最仁慈的愛》，書裡寫到，一個患有絕症、活得很痛苦的先生要求他的太太把他殺了。書的封面就直接破題地寫上兩段話。」

「什麼話？」

「有個問題在我腦海來回擺盪，如鐘擺般。拒絕丈夫絕望求死的要求，是因為我愛他，還是，我不夠愛他。」

這些話讓他低頭陷入長思，而我也安靜了下來。接著我又喝了幾口啤酒，此時他抬起頭來看我，說道：「這跟我的狀況差很多。」

「是差很多，但意義是一樣的。」

「怎麼說？」

「你說的差很多只是故事背景不一樣，是那位先生要求太太殺了他，但林文明並沒有要求你，所以你依然是凶手。」

「你要這麼說也可以。」

「但重點在最後那兩句，『是因為我愛他，還是不夠愛他？』」

「什麼意思？」

「他太太因為愛先生，所以不忍殺了他，但她先生說，人應該有自主決定不再活下去的權利，因為病痛生不如死的關係，所以他選擇請太太結束他的生命，這是他的決定。而你的狀況是因為你曾經深受其害，又在出了一條小男孩的人命之後，不忍心看到社會上再有人無辜受害，所以你做出了選擇。」

「這哪裡一樣呢？」

「意義，殺人背後的意義遠大於殺人本身的事實，你無法認定那個尊重先生意願而殺人的太太有錯，就像我無法認定你為了社會別再有人受害而殺人有錯。」

「你說的對。」

「只是……」我躊躇了一會兒，「周先生，說到底你還是殺人犯，難道你不怕被抓嗎？沒有警察查到你？」

他拍了拍自己的胸膛，「我還在這裡啊，我沒有被抓，」他笑著說，「但是，我知道那是遲早的事。」

「你願意承擔結果？」

他毫不猶豫地點頭。

「那你要我寫，不就是替你保全犯罪證據？」

「你怎麼寫，你自己決定，我的意思是，寫不寫我的名字，你決定。」

「我想問一個不太禮貌的問題，很直接喔，可以嗎？」

「趙先生，請說。」

「其實，你只是要替自己報仇而已，對吧？」

他聽了，不自覺地笑了起來。

「哈哈，你可以這麼想，但我自認這是替社會解決了一個禍害。」他繼續笑著說，「我不是一開始就告訴你了，我是不一樣的社工啊。」

「不，你不是社工，這種以為民除害為出發點的社會工作者，是一種地下正義，之所以叫作地下，是因為這是見不得光的，既然見不得光，就是黑暗的。」

「所以呢？」

「你是暗社工。」

暗社工。

執行意志

他的表情驚訝得像是看見鬼一樣，

他眼睛不停地轉動，像是在思考所發生的一切到底是怎麼回事。

「那你是誰？」他的聲音持續顫抖著。

明明就是個男人，聽起來卻像是個該死的太監。

我拿著石頭走過去，輕輕碰了他的頭幾下，

暗示著我就要從他的頭上砸下去，我想那應該很像抓頭去撞牆的感覺。

「我是你的報應。」我說。

11

阿和在事發隔天早上十一點就準時打電話給我，他問我有沒有找到人，我扯了謊，說林文明早就不住在那兒了，「幹，好可惜，真想扁他一頓。」我說，那時我覺得自己的演技之好啊，如果我是演員應該可以提個名吧。

「那還要不要報警啊？」阿和問。

「嗯……我覺得……還是不要好了。」

「為什麼？」

「因為我們沒有人能確定是他啊，如果被他告誣告怎麼辦？而且這好像是報假案，也會吃官司的。」我必須說服阿和不要報警，如果警察很快地找上林文明家，那應該不久後就會查到我。

「可是，你昨天晚上不是一直覺得很確定？」阿和問。

「是啊，我也希望就是他啊，但就是沒辦法確定啊！」

「好吧。」阿和打消了念頭，「現在割喉案新聞沸沸揚揚，我猜凶手應該跑不了太久吧。」

「是啊！沒錯！」我趕緊附和。

那天我立刻向貨運公司提出辭職，而且是立刻離開那種。

我知道高雄已經待不下去了，我只能有多遠跑多遠，我不想連累朋友，也不想連累公司，更不想連累阿姨跟姨丈。

主管非常訝異，畢竟我也做了好幾年了，工作表現向來很好，路線跟工作內容早就已經很熟悉了，對他們來說，培訓一個可以獨自上線的員工是需要不小成本的，就算要離開，我也要先等到新進人員進來，教會他工作的流程，然後才能辦理交接。就算這些都不幹，也至少要等他們找到人接手。

我的辭呈是被拒絕的，理由是公司規章明訂，離職需於一個月前提出，否則該月將查扣薪水與獎金，主管拒絕的理由是：「阿哲，我不忍心看你沒薪水領。」

我知道主管對下屬很好，他也非常器重我，從我進公司到現在，他一直都很照顧我，但我實在沒辦法留下來，我做了對一般人來說很可怕的事。

我假意允諾再做一個月，但過了三天我就沒再去上班了。這三天的時間，除了上班跟睡覺，其他的時間我都在湮滅證據。

我心想：「既然做了，那就做到被警察抓吧。再有泯滅人性的廢物出現在社會上，我就是那個解決他的社工。」

第四天晚上，我收拾好大部分的行李，以生活夠用和拿得走為前提，趁阿姨、姨丈還有懿秀睡著的時候悄悄離開，我留下一張紙條，感謝他們這二十多年來把我當親生的兒子一樣照顧扶養，但我不能一直依靠他們，必須自己出去自立更生。他們的恩情對我來說已經大過天了，不告而別非常不得已，如果有機會，一定會向他們當面道歉並說明原因。

只是，我不知道那會是哪天罷了。

我帶上所有積蓄，也就幾萬塊錢，搭上半夜北上的客運，一路上輾轉難以入眠。我感覺過去三十年的歲月像是在這趟行程當中重演了一遍，我被過去吞噬，大量開心的和大量痛苦的回憶像一列很長的火車一樣將我輾過，最後我回想起去找林文明那天晚上的所有經過，我只覺得沉重，卻沒有任何一絲良心不安。

到了台北，天已經亮了，我在西門町找了一間便宜的旅社，那間旅社在一條狹小的巷子裡，一天才幾百塊錢，櫃檯胖胖的阿姨非常健談，她問我從哪裡來，我說高雄，她說我是她的同鄉，看起來很有親切感，房租又便宜了一百塊。

「別叫我阿姨，叫我霞姊。」她說。

「喔……霞姊……」我微笑點點頭。

「看你很累的樣子，要不要幫你叫個小姐去你房間幫你按摩？」她的表情像個拉皮條的，不，她就是個拉皮條的，我能從她的眼神裡看出，去我房間的小姐一定不是來按摩的。

「我也很想，但是我沒有錢。」

「沒有錢去提款機領啊。」

「提款卡也沒有錢。」我拿了鑰匙就離開櫃檯轉上樓梯，她的聲音還在我背後叫嚷著。

我的房間位於建築物的另一側，打開窗戶，把手用力伸遠一點就可以摸到對面的公寓牆壁；溝巷狹窄又潮濕，對面像是已經很久沒有住人的樣子，卡在窗子裡有點歪斜的窗型冷氣早就鏽到破了。房間裡的電視還是舊式的映像管機型，小小方方的，床單有一股霉味，廁所的霉根深到磁磚縫全都是黑的。

放下行李之後，我沒有休息，立刻出門到網咖上網寄履歷表找工作，扣掉旅社費用，我身上僅有的錢恐怕讓我在台北生活不到三個月就會餓死。

但工作一直都沒有找上門，我的手機安靜得像是壞了一樣，我應徵了至少二十間公司，沒有任何一間回覆我面試消息。沒辦法，我不太會念書，連私立技術學院的文憑都沒辦法拿到，我能找到什麼好工作呢？

三天後，新聞報導說，警方已經鎖定林文明是割喉案的嫌犯了，我非常擔心警察會查到我，所以我去大賣場買了三大箱泡麵跟一大堆乾糧，打算在旅館裡面待一個月不出門。

阿和立刻打電話來，他說我猜的沒錯，凶手真的是林文明，但他也覺得可惜，如果當時早點去報警，說不定就可以抓到他了。

他聽出我的反應冷淡，不像非常開心的樣子，問我怎麼了，那當下，我突然很想告訴他，我其實找到林文明了，而且我把他搞得很慘，然後……所以，我是暗社工等等，把所有過程都告訴他。

但是我忍住了。

「喂，周哲，你心情不好啊？那出來喝兩杯啊。」阿和提議。

「沒有啦，哪有心情不好，而且我離你很遠，沒辦法陪你喝兩杯。」

「很遠？你在哪裡？」

「我在台北啊。」
「你怎麼突然跑去台北了？送貨送到台北？」
「不是，我換工作了。」
「幹！這麼突然喔？」
「就……換個跑道吧。」
「所以你現在做什麼？」
「呃……我來幫朋友的忙，在二手車行當助理。」我隨口掰了一個答案，天知道我哪來這樣的朋友。
「二手車行需要什麼助理？」
「就……幫忙洗洗車、刷刷輪子啊。」
「所以你在台北哪裡？」
「呃……台北市啊，西門町這邊。」
「那我放假上台北去找你啊。」
「好啊。」我說，然後我找了一個要去大便之類的爛理由掛了電話。
電話掛掉之後，四周襲來的安靜像巨大的黑影一樣把我籠罩起來，我有點想哭，我發現我連跟自己最好的朋友說話都要扯謊跟隱瞞，我躲在有幾百萬人生活的大城市中最不起眼的暗巷裡的低級旅館，我不想被抓，所以我只能這樣，我註定會非常孤獨。

我已經做了，我回不了頭。

我在旅館裡待了二十三天，發現這間旅館的性交易業績應該很不錯，因為隔音差，我時常聽到樓上的床板聲，還有隔壁的叫床聲，搞得我心癢癢，只能自己打手槍。

除了打手槍之外，我天天盯著電視，三不五時買份報紙，看看有沒有警察在找林文明的消息，不過林文明的案子很快就被大大小小的新聞蓋了過去。最近大家討論最熱烈的是另一起社會案件：有個凶手殺了一個獨居老人，屍體被發現的時候，判斷至少死亡兩週，犯案手法是侵入獨居老人的住處，搶完值錢的東西就虐殺棄屍。政論節目跟網路全都在討論這個案件，報紙更用了「令人髮指」來形容凶手的殘暴。

我知道，這個凶手就是我的第二個目標。

但我該怎麼找他呢？他不像林文明一樣是我的國小同學，我對這個凶手的認識就跟一般社會大眾一樣，我該從何找起呢？

或許是二十三天沒出門，櫃檯的阿姨……不，霞姊覺得奇怪，跑來敲我的門，問我打算要住多久，我知道那是她隨口亂謅的問話，她只是怕我死在房間裡。或許是被我滿臉鬍碴嚇到，我開門之後她退了兩步，「哎唷！你怎麼了啊？怎麼都沒出門，鬍子也不刮，嚇死我了啦！」她說。

「沒啦，我……失戀啦……」我又扯了謊。

「失戀喔？年輕人才會失戀啦，像我這種歐巴桑，老公死了就沒了，想失戀都沒機會喔，別難過啦，多失戀幾次就會習慣了啦。」

「喔……」我裝出很沒精神的樣子，沒辦法，我總得真的像失戀吧。

「年輕人眼光要看遠一點，你這樣失戀就不出門，丟的垃圾都是泡麵，那個防腐劑很多耶，是要當木乃伊喔？」

「好啦，我知道了。」

「啊你都不用工作喔？」

「還在找……」

「工作難找喔？」

「對啊……霞姊，妳有沒有工作介紹我啊？」

坦白說，我只是隨口問問。沒想到她真的幫我找到工作，她問到附近的一間餐廳，說那間餐廳專門雇用沒有身分證的大陸配偶跟半路落跑的外勞，也就是俗稱的黑工。工作是在廚房後場當助手，包吃但不包住，而且沒保險，所以什麼勞健保的就別想了，薪水領現金，因為他們不想報稅。

挺著一個大啤酒肚的主廚跟我說：「在這裡工作，只有兩個要求，第一，眼明手快。第二，聽到快跑就快跑，不然被政府的人抓到你們非法打工，我們一起倒楣！知道嗎？」

我就這樣莫名其妙地在餐廳裡工作，薪水才一萬多塊，非常微薄，生活非常拮据。阿姨其實打了好幾通電話給我，她沒問我為什麼離開，只是問了我好不好，坦白說，光是聽到她的聲音我就有點鼻酸了，她跟姨丈還有懿秀是我唯一的家人，我很想念他們。

就這樣過了兩個月，桃園一間木材工廠寄 mail 來，要我去上班，工作內容就是包裝跟搬運，薪水是黑工的兩倍多，為了錢，我離開西門町，到桃園租了一間小套房。

阿和在這期間上台北找過我兩次，他提到內湖有間公司要挖角他，開出來的條件比在高雄的月薪還要高一萬塊，「周哲，以後我們就可以在台北相依為命了，哇哈哈！」他說。

「你還有見到于小涵嗎？」我說。

「有啊，滿常的啊，她也問到你。」

「那你怎麼說？」

「我說你在台北啊，她說想找我們一起吃飯喝酒聊聊天。」

「喔。」

「你還喜歡她就追啊，據我所知，她一年多沒交男朋友了。」

「真的？」

「對啊，要不要她的電話？」

「不用！我自己去要！」

「那要不要我教你幾招？」

「不用！我自己去追！」我說。

阿和才剛上台北不到一個月，還在適應工作跟環境，有個星期五晚上，我們在桃園一間位處市郊的海產燒烤店喝酒，慶祝他邁入月薪六萬的階級，特別叫了一鍋石斑魚湯來奢侈一下。

這時新聞播出虐殺獨居老人的凶手又犯案了，警方說他只拿被害者住處的東西變賣，不拿銀行存摺去領錢，而且他選擇的獨居老人都住在非常郊區的地方，地區監視器不夠多，而且獨居老人通常不太喜歡被打擾，所以命案發生到被人發現，往往早已經過了一段時間，再加上線索很少，偵辦陷入膠著。

我愈看愈生氣，「媽的，這種垃圾跟林文明一樣，最好都消失在地球上！」

阿和看著電視，一臉不屑警方說法地哼了一口氣，「膠著？這哪有什麼好膠著的？明明就很好查啊！」

「很好查？真的？快告訴我！」我聽到這句話，頓時振奮起來，下一秒就發覺我的反應有點太大了，「呃……我是說，為什麼很好查？我很好奇。」我壓抑住自己的興奮。

「周哲，別鬧了，」他舉起酒杯敲了敲我放在桌上的杯子，「你忘了我是駭客？」他一臉驕傲地說。

原來能找到凶手的最佳利器一直都在我身邊。

12

隔天，阿和打電話跟我說「可能……找到凶手了」，儘管他不是那麼確定，我還是趕緊趕到他內湖的住處，他房間依舊凌亂不堪，差點沒叫我坐在窗框上。當然啦，整齊清潔對他來說一直都不是什麼重要的事。

「只要有網路和紀錄，就沒有駭客查不到的東西。我們不是隨便駭駭網站自己爽而已，我們是匿名者！」他一臉驕傲，眼神散發出光芒。

阿和舉了兩個簡單的例子，告訴我駭客到底有多厲害，他說：「如果網路鄉民光是看一段很短的影片就可以把當事人的背景、部落格或是臉書人肉搜索出來，你覺得駭客會做不到嗎？犯罪者跟欠債的人一樣，都是不想被找到的，但為什麼討債的人總是可以找到欠債的人？」

當他從電腦螢幕上秀出凶手的資料，我除了佩服之外，不知道還能說些什麼。

「來，沒意外的話，這十之八九就是凶手，」阿和指著電腦螢幕說，「他確實不好找，交叉比對了很多資料跟可能性才鎖定他，你看，這是他的部落格，最後更新日期是二〇一四年五月，到現在剛好一整年沒更新了，最後一篇文章說到他要去當兵，那他現在應該剛退伍沒多久，由此我們可以猜測，他可能失業或是工作不穩定，才會殺害獨居老人搶奪財物。」

「太神了這個……」我嘆為觀止。

這時他調出另一個視窗，「這不算太神，我一個朋友找到他的臉書，上面有好幾篇說到什麼雙色丸子威力好強，我好嗨之類的，沒意外的話，他應該有在嗑藥，所以沒工作又嗑藥去搶錢剛好而已。」他又打開另一個視窗，「這是另一個朋友傳來的，連他前幾天去色情按摩店的刷卡紀錄都找出來了，他叫鄭育民，二十四歲，家住台北市，後面是 email 跟電話號碼。」

「你們怎麼辦到的？這太厲害了！」

「偷偷跟你說，我們駭進警察系統偷看了一些偵辦資料。」阿和掩不住得意之色。

我想在原地拍手拍到手斷掉，但他說做人要低調，所以拍個一百下就好。

我請阿和把資料印出來，告訴他，我只要一確定鄭育民是凶手，馬上就會帶著資料去報警。阿和問我怎麼確定，「我有辦法！」我說。但其實當下我是沒什麼想法的，我只是要讓他毫不懷疑地讓我帶走資料而已。

回到家，我點了一根菸，坐在沙發上看著資料發呆，對於要怎麼確定他是凶手這件事，其實我沒有什麼頭緒，我只是一直想著，「必須能讓他親口承認自己就是凶手，那麼我才能解決他。」

就在菸快要燒完的時候，我看著手上的資料，腦袋閃過一個念頭！

我打開電腦，連上臉書，創了一個新帳號，從網路上找了一個日本AV女優的照片當大頭貼，取了個名字叫甜姊兒。我猜想，既然他是個會去色情按摩店的人，那麼「色誘」一定是最好的方法。

我寫了一封訊息給他，內容不外乎是我很寂寞、很孤單，漫漫長夜不知道何時天明，真想要有個人陪伴之類的，然後靜待他的回覆。

沒多久後我就收到他的回傳訊息，鄭育民劈頭就問：「妳是援交喔？」

我順著他的話回答：「對啊。」這時我身體裡的某種激素正在激增，我從沒有「男扮女裝」過，這種奇特的感覺讓我感覺非常刺激。

「妳幾歲啊？」

我思考了一下，「二十三。」我說，挑了個跟他的年紀相仿的數字，我猜應該比較能讓他上勾。

「奶子大嗎？」

哇銬！這麼露骨的問題他沒幾秒鐘就問出來，想必他一定很有經驗，問這種問題根本家常便飯一樣，「哎唷你怎麼這麼直接。」我刻意迴避問題，吊他胃口。

「可以不戴套嗎？」

「不行喔。」媽的真是個色胚！

「不然咧，有什麼服務？」

「有什麼服務見了面就知道啊。」

「妳的奶沒有D我不要喔！」去你媽的你就是個廢物還挑屁。

「要求這麼高喔？那就不要啊。」

「蛤妳真的沒有D喔？」

「換個話題好不好？」

「妳都要援交了還換什麼話題？專業一點好不好？」

媽的竟然說我不夠專業，媽的我就是個男人跟你專什麼業啊我，「我才剛出來做，你不要這麼凶嘛。」我說。

「幹！每個都嘛跟我說剛出來做，別鬧了啦小姐，妳乾脆跟我說妳是處女。」

「真的啦，不信就算了。」

「這樣就在生氣喔？妳是小屁孩喔？」

「你才小屁孩咧。」

「妳一定不是二十三歲啦，不要騙了，看妳講話就感覺得出來妳根本未成年，不好意思喔，未成年犯法我不要。」

「我真的二十三啊。」

「那妳證明給我看啊，傳身分證來看看。」

「我傳身分證給你看幹嘛，我怎麼知道你是不是警察？」

「我不是警察啦，我比警察還大我告訴妳。」

「比警察大是什麼意思？你是管警察的喔？」

「警察看到我會怕啊，小孩子不要問那麼多。」

「你再叫我小孩子我就不理你了。」打出這行字來，我自己都快吐了。

「欸，妳的臉書怎麼都沒有東西啊，只放個AV女優的照片是怎樣？妳是AV女優喔？」

「我朋友說我長得像她啊。」

「幹嘛不放妳自己的？」

「我太美了，怕太多人愛上我啊。」

「用講的誰都會，傳一張照片來證明。」

「我這邊沒照片。」

「幹！那妳一定是詐騙集團！」

「我不是。」

「幹放屁！妳等一下就會叫我去買遊戲點數對吧？幹你娘！拎北最看不起詐騙的！」

看樣子他生氣了，螢幕這一頭的我想像他的表情，笑得東倒西歪。

不過我不能讓他跑掉，我得套出他的話才行。我立刻 Google 了一張只露乳溝不露臉的照片傳給他。

「傳這個是怎樣？」

「你自己說要照片的。」

「妳不要再騙了啦，這一定不是妳的奶子啦。」

「這真是我的……」我低頭看了一下自己的胸肌，再看看我傳出去的圖，忍不住爆笑出來。

「那妳現在來找我，讓我摸摸看。」

「你很色耶。」

「幹你娘妳到底是不是出來賣的？」

「價錢都還沒講是要怎麼出去？」

「妳要多少？」

「一次六千。」

「幹你娘很貴耶！」

「不要拉倒！浪費老娘時間！」我開始欲擒故縱，像他這種色情狂，我猜他一定會受不了。

果不其然，沒兩分鐘他就丟訊息過來了。「能不能便宜一點？」他說，看到這句話，我笑到不支倒地，等我從地上爬起來之後，他又傳了兩句，「出外人身上沒什麼錢，妳便宜一點我給妳買過夜。」

「過夜有過夜的價錢耶。」打這句話的時候，我還是笑到身體像在抽筋一樣。

「啊妳就算便宜一點啊。」

「不要討價還價，不要拉倒！」我再次裝離線。

這次他過了比較久才回覆，而且他開始出招了。

「喂，小姐，妳還在嗎？」

「幹嘛？」

「妳有在吃藥嗎？」

「什麼藥？」我以為他在說避孕藥，但下一秒鐘立刻反應過來，「你說搖頭丸喔？」

「不是，我的藥比搖頭丸更刺激，我剛剛才吞了一顆，等一下藥效就衝上來了，妳要不要現在來找我，一定讓妳爽翻天。」

「什麼藥啊？」

「妳來了就知道啦，這藥吃了很嗨。」

「沒講好價錢我不去，而且我沒在吃藥。」

「試試看嘛，我這個藥一顆要五百塊耶，妳算我便宜一點，我送妳三顆。」

「你不要跟我講價錢，我送你高麗菜三顆。」

「幹你娘很幽默喔？」

「就跟你說我沒在吃藥了，你還在那邊三顆五顆的是怎樣？」
「妳找我援交態度還這麼差喔？服務業會不會做啊？」
「你又還沒付錢，談什麼服務？」
「我有說我不付錢嗎？我只是要妳算便宜一點。」
「就是六千一次，不要拉倒！」
「幹你娘講沒幾句就在那邊拉倒拉倒是在拉三小？幹！」
「你很沒水準耶，講話動不動就在幹別人娘。」
「幹你娘剛好而已啦，我還要幹死妳咧！」
「去你媽的，沒錢就不要浪費我的時間啊，垃圾！」
我是故意的，我要讓他生氣，非常的生氣，他可能就會失去理智說出一些不該說的話，說不定那就是我要的答案。
「幹你娘妳完蛋了死破麻，我一定要殺了妳！」
「來殺啊，我看你連老鼠都殺不死吧，廢物！」
「我告訴妳，我當兵的時候是特種部隊的，殺妳這種臭女人只要幾秒鐘。」
「是喔，殺老鼠特種部隊嗎？」

「幹你娘妳不要讓我找到妳，我一定把妳先姦後殺！」

「來啊來啊！」

「我要把妳幹到脫水幹到半死再把妳棄屍在荒郊野外讓野狗吃！」

「哎唷嘴砲啦，我認識一堆大哥都不知道殺過幾個人了，你這種廢物真的殺過人再來講啦！」

「妳以為我沒殺過人？」

來了！

「我殺過兩個人，警察根本抓不到我！」

「殺老鼠的不用講啦。」

「我告訴妳，新聞上報的殺獨居老人的案子就是我幹的啦！」

「你、騙、人。」

「怕到了喔？我告訴妳，他們根本早就該死了，活那麼久幹嘛，我是在幫他們脫離苦海。」

「你、唬、爛。」

「我唬爛？新聞才會唬爛啦！他們說我至少在他們身上搶了幾萬塊，放屁！那兩個根本窮得要死，我才拿到九千多塊。」

「真的假的？」

「會怕了？來不及了啦死破麻，妳不要被我找到，我一定會把妳先姦後殺！幹！」

「就當你說的是真的，那你告訴我你怎麼殺的。」

「我幹嘛告訴妳？死破麻！」

「我覺得很刺激啊！光想就很興奮！」

「妳濕了喔？來啊，我一定幹死妳！」

「我可以算你便宜一點，但是你要告訴我你是怎麼殺人的，講完了才上床。」

「為什麼要講？」

「因為我聽了會興奮啊，而且你講得愈仔細，我就愈興奮，說不定老娘高興就不跟你收錢喔！」

「妳這個女人一定是變態！來我好好教訓妳！」

魚釣上勾了，後面的廢話就可以免了，我用女性生理期最後一天來搪塞，約好隔天，也就是星期天晚上十一點，在二重疏洪道的運動公園見面，那裡深夜人煙稀少而且燈光昏暗，「先講完再開房間！」我說。

現在人騙出來了，以他精蟲衝腦的程度，我相信他一定會赴約，更何況我還先下了一個故事精彩上床免費的迷藥，他沒理由不來。

現在就只剩下兩個工作。第一，我得想辦法讓他在失去意識的情況下把人帶走，就像帶走林文明一樣。所以我得去買一些藥迷昏他。第二，得真的找一個「甜姊兒」來聽他說話。

藥簡單，安眠藥就可以。

但甜姊兒就困難了

「該找個真正的妓女來幫忙了。」我心裡這麼想。

嗯，誰比誰壞呢？

13

但是，要怎麼說服妓女去跟一個可能是殺人凶手的對象聊天呢？這恐怕比在臉書上裝女人跟鄭育民聊天還要困難。睡前，我為了這個問題輾轉思考了很久，得到一個還算堪用的方法。

方法有了，那妓女呢？

我想到霞姊。

隔天中午起床，我連午飯都沒吃就趕到西門町，好一陣子不見霞姊，她看起來好像變瘦了一點，但還是滿胖的。一開始她沒認出我，我猜是她這邊尋芳客很多的緣故，大概過了幾秒鐘她才想起來，「啊！你是阿哲嘛！」她說。

「霞姊，好久不見！」

「對啊，你是跑回高雄喔？」

「沒啦，我去桃園工作啦！」

「喔！你看起來更帥了捏！」她摸了一下我的肩膀跟手臂，眼神有些詭異，「是不是有變胖一點啊？」

我被她疑似調情的眼神嚇到，臉上刻意堆滿笑意退了一步說，「沒有吧，應該一樣啦。」幹，被一個至少五十幾歲的阿姨調情怪恐怖的。

「怎樣，今天要不要叫個小姐幫你馬殺雞？」

「妳猜對了，我就是要來叫小姐的。」

「哎唷！你在我這裡住了幾個月，連一個小姐都沒叫過，我還以為你……」她欲言又止的。

「以為我同性戀？」

「哎唷對啦，我不好意思講，你還自己講，哇哈哈哈哈！」她笑得誇張，應該說是有點欠揍，藍色眼影裡的亮片被天花板的燈反射，再加上她臉上的油光和歲月的痕跡，如果不是我了解這是她的「親切」，我想應該會有人直接從她臉上猛灌一拳。

她拿出一本破舊的筆記本，我猜那是她的生財工具「花名簿」，她上下瀏覽著筆記本裡的資料，嘴巴也沒停下來，「現在才中午，你這麼早來，小姐很少喔，我先幫你看看哪幾個有上班的。」

「霞姊，等一下。」我把她的花名簿往下壓，「我叫小姐有條件。」

「喔！對對對，我都忘了問你要怎樣的？」

「我要胸部大一點的，要有D。」

「胸部大的很多啦，但要看看現在有沒有上班，要瘦一點的高一點的還是都可以？」

「最好高一點，最好很漂亮。」

「我跟你感情這麼好，一定會幫你挑漂亮的啦，但是要先講喔，這個價錢會比較高喔，霞姊我只是幫人家打工顧店而已，錢也不是我在賺，沒辦法幫你打折嘿！」

「所以是多少錢？」

「你要求這麼高，那要叫五千的了啦！」

「只要條件夠，五千沒問題。」

「好！那你先上樓去房間等，」她隨意丟了一把鑰匙給我，「我幫你叫，馬上來嘿！」

「霞姊，我還沒講完耶。」

「喔！那你繼續。」

「除了剛剛那些條件以外，最重要的，我需要女生膽子夠大。」

「膽子夠大？你要會玩的喔？我叫給你的一定很會玩啦。」

「不是會玩的，是膽子大的，見過世面的。」

「喔！你是很厲害喔？不然是要膽子多大？」

「我不是那個意思，我是說，我要找的是……」一時詞窮，我也不知道怎麼跟她解釋，「就……很愛說話很愛聊天不會怕生的。」

「喔！這個沒問題，你放心啦！」

她這話言猶在耳，我卻坐在房間裡等了將近一個小時，期間還打電話下去催她兩次，兩次她都說快來了，結果一個人也沒有，我開始不放心了。

就在我拿起電話要打第三次時，有人敲我的房門，我打開門，一個看起來大概跟我同年紀的女生站在門口，「嗨！你好年輕喔！」她說，「我還以為這麼早買女人的一定都是老頭兒呢！」話還說著，她就自顧自地走進房間，完全當自己家似的，而我只是看門的管家。

這還不要緊，糟糕的是，她的口音……是個大陸人。

「呃……小姐貴姓？」

「叫我花花。」

「喔！花花妳好……」

「你怎麼這麼緊張啊？」她放下手提包走到我面前，雙手直接圈住我的脖子，「放輕鬆嘛，帥哥。」

一陣香味撲鼻而來，她的眼神跟嘴唇無時無刻不在誘惑我。我一恍神她就親上來了，我感到一陣酥麻，她的舌頭直接突破我的嘴巴，我嘴裡整個都是她水蜜桃口味的唇蜜，她的鼻息告訴我，她不久前剛抽完一根菸，口水裡有種類似金屬的味道。

我有點招架不住，生理起了反應，下一秒就想起我不是來買春的，我是來找「甜姊兒」的！

我放開跟她舌頭的糾纏，其實心裡幹得要死，感到非常可惜，但正事要緊，「那個……花花，呃……等等，請妳先坐下。」

「是的，小女子遵命。」她舔了舔嘴唇笑著說，語氣勾魂攝魄，又引起我一陣酥麻。

我拿起電話打給霞姊，「呃，霞姊，不好意思喔，我忘了跟妳說我要台灣人。」這時我回頭看了一眼花花，她竟然賞我一個白眼，剛剛那幾秒鐘纏綿的吻好像沒發生過。

霞姊霹靂啪啦說了一大堆話，「哎唷都大陸的啦現在沒有台灣的啦，這個是我好不容易拜託來的捏，身高身材都很好，一定符合你的要求啦！」

「霞姊，真的不行，我一定要台灣人，妳幫我想想辦法。」

「女人不是都一樣？不然我是台灣的啦，你要不要？」

聽到這話我差點嚇到尿出來，「霞姊，不要鬧了，拜託妳幫我找台灣的，拜託。」

電話掛掉之後，跟花花說了聲不好意思，她臉臭到像是我剛在她臉上抹了大便，用力跺腳甩頭快速離開我的房間，剛剛的溫柔跟爬滿我全身的誘惑感全部消失。

然後我又等了三個小時，等到睡著，醒來已經下午四點半，距離晚上十一點只剩下六個半小時。這讓我開始緊張起來，不但甜妹兒還找不到，連安眠藥我都還沒搞定。

大概五點左右開始，陸續來了幾個女孩……不，應該說是成熟女子，她們不是太矮就是有點肉，而且其中一個看起來應該有四十歲了，我每一個都搖頭說抱歉，搞得霞姊快要翻臉，她打了通電話到房間，語氣非常不高興，說最後一個正在路上，這是三千的，如果再打槍，她就要把我趕出旅社。

親切感全沒了。

最後一個女的來敲門時已經六點了，她叫 CoCo，年紀大概三十歲上下，我沒問，我也不敢問，問了怕自己會忍不住叫她走，畢竟她是最後一個機會。她的身高跟身材勉強可以接受，我不是說我接受，我是說用來勾引鄭育民應該還可以。

她站在房門口的第一句話就是：「聽說你眼光很高，我要不要離開？」

我只能回她一臉苦笑。

她走進房間，問我吃飯沒、幾歲、哪裡人之類的閒話家常，聊沒幾句話就很自然地開始脫衣服，我趕緊阻止她，「那個……CoCo，我們先……聊聊天？」

「你會緊張喔？」她停止脫衣服的動作，坐到我旁邊來。

「不會，我不會緊張。」我拿出香菸，「抽嗎？」

「抽啊。」她說，我遞了一根給她，點上火，也替自己點了一根。

她吸了一口菸說，「你不會是第一次叫小姐吧？」

「老實說，是第一次，但緊張倒是不會。妳做這行很久了？」我轉移了話題。

「做了幾個月，但我平常有正常工作，這只是兼差，缺錢的時候才打給霞姊要她幫我安排。」

「妳們認識很久了？」

「她是我鄰居啦。」

「我剛剛看到她有一本全是名字的簿子，所以妳們小姐是一個……算公司嗎？」

「不是，我跑單幫的，剛剛我說了，我缺錢才打給她。」

「喔！是這樣。」

「你問這些很奇怪喔，你不會是警察吧？」

「不是啦，就聊聊天認識一下。」

「我們只有半個小時喔，你確定還要繼續聊天？」說完，她把胸部湊過來靠近我，她在暗示我，再不開始會沒時間。

她穿著一件低胸的洋裝，乳溝在我眼前晃來晃去，我吞了吞口水，深呼吸，「我今天不是來玩的。」我說。

「不然呢？來相親喔？」她說完自己笑了起來，我發現她笑起來挺好看的。

「不瞞妳說，我是來找人幫忙的。」

「幫忙？幫什麼忙？」她的表情很複雜，像是覺得我很奇怪，同時也在懷疑我是不是想搞什麼把戲，又覺得我是不是有什麼性怪癖之類的，總之，她把我當成是一個很奇怪的尋芳客，偏偏我不是尋芳客。

我把昨晚睡前想到的那個堪用的答案在腦子裡整理了一會，「CoCo，我現在慢慢告訴妳，妳仔細聽。」

「好。」她點點頭。

「我在徵信社工作，有客戶委託我去查一個案子，這個案子有點複雜，而且關係到客戶的隱私，所以我沒辦法告訴妳內容。但是現在案子查到一個階段，需要拿到一些情報，我們要調查的人呢，他還滿好色的，所以需要一個女人去接近他，用手機把他的話錄下來，而且我保證，絕對不用上床。」

她聽到這裡，一臉懷疑地看著我，「你是在開玩笑嗎？」

我搖搖頭，表示我沒有在開玩笑。「只要十分鐘，錄完音，一萬塊馬上拿走，有興趣嗎？」

本來我以為她會拒絕，萬萬沒想到她眼神發亮，一臉興奮。

「徵信社查案子耶，好刺激喔！」她說。

遇到一個嗨咖。

14

我到租車行租了一輛車，在車上準備了大手電筒、兩張椅子、繩子、束帶跟膠帶，還有一把新的釘書機。不為什麼，我只覺得上次這樣釘林文明時他好像很痛苦，我想讓每一個落到我手裡的廢物都嚐一嚐被虐待的滋味。

我跟CoCo約了晚上十點五十分在二重疏洪道附近碰面，她上車之後，我只交代她兩件事。

第一，記得把我交給她的飲料拿給鄭育民喝，而且一定要看著他喝下去。

第二，我會在附近保護她，一有危險立刻大叫。

讓我比較吃驚的是，CoCo不但完全不害怕，反而非常期待，「好像在拍電影喔！好刺激喔！」這話她不知道重複了幾次。

我假裝是她的經紀人，也就是新聞上常說的馬伕，我告訴她，「這個男人有怪癖，他喜歡胸部有D罩杯的，他喜歡唬爛他殺過人很厲害之類的，而妳現在叫甜姊兒，二十三歲，是個援交妹，妳在網路上叫他講殺人的故事，妳說妳聽到很刺激的殺人過程會很興奮。」

她說，「所以我要演一個叫甜姊兒的女人就對了？」

「對。」我點點頭。

「那給他喝純喫茶幹嘛？」

「為了不讓妳有危險，我在裡面用針打了五顆暈車藥，他喝下去大概十分鐘左右就會睡著。」

「那我要勾引他嗎？」

「不用，妳只要在聽他唬爛的時候演出很想繼續聽下去、很興奮的樣子就好了。」

「好！」她用力地點點頭，「好刺激喔！」

我在想，這是一種天然呆嗎？

十一點，我帶著 CoCo 準時到了二重疏洪道運動公園，還沒走進去就在門口看見一個全身黑衣黑褲的男人站在那裡抽菸，他頭低低的，看不清樣子，我試探性地開口，「請問是金城武民先生嗎？」金城武民是他在臉書上使用的名字。

他轉過來，隨意揮了一下手，走到我面前，這時除了菸味之外，我還從他身上聞到一股很濃的塑膠味，我猜他出門前有吸過毒。

他連看都沒看我一眼，只盯著我後面的 CoCo，再仔細一看，他盯著的是 CoCo 的胸部，「妳就是甜姊兒喔，看起來不像二十三歲耶。」他說。

我試圖把他的注意力拉到我身上，「那個……金先生，她就是甜姊兒，她年紀多大不重要嘛，人漂亮就好啦，你可以叫她 CoCo，她說你們昨天聊得很開心，說你很風趣。」

「啊你是她馬伕喔？不是說援交？原來是妓女！」他說，表情一臉不屑，看起來就像個小流氓，他只瞄了我一眼，視線還是回到 CoCo 的胸部上。

我沒有理會他裝模作樣的耍狠，「金先生，CoCo 有說你們要先聊聊天再去開房間對嗎？我只是來確定有沒有這件事而已，後面的事你們自己喬好就好。」

「對啊，」他的態度從耍狠轉成囂張，「她就說她要聽我講故事才會興奮啊，嘿嘿！」

「那你們好好聊。」我說。

轉過頭，我向 CoCo 使了個眼色，「加油，靠妳了。」我用氣音小聲地說，然後把我開好錄音模式的手機放到她的手提包裡。

CoCo 很入戲，她沒給鄭育民開口問東問西的時間，我一轉身她就立刻勾著他的手往公園裡面走，還不忘把我交給她的飲料拿給他，在他們走遠之前，我還聽到 CoCo 說：「這飲料是特地買給你的，怕你講故事講到口渴啦。」

我假裝離開，實際上是繞了一小段路跟在他們後面，他們走沒幾分鐘就找了一個地方坐下。遠遠的，我聽到鄭育民講話的聲音，但聽不清楚他在說什麼，昏暗的燈光下，我看見他正在對 CoCo 上下其手。

CoCo 把他的手推開，拿起飲料給他喝，他接過手就放下，然後繼續朝 CoCo 的胸部進攻。我開始擔心，再這樣下去，他衝動起來可能會把 CoCo 就地強姦。

他們就這樣來來回回推來推去摸來摸去了一會兒，我不知道 CoCo 怎麼搞定他的，我只看到她給他點了一根菸，伸手摸摸他的臉，還親了一下，他就開始比手畫腳起來，講沒多久他甚至站了起來，大動作地開始表演，我猜他正講到殺人的過程。但是他的步伐有點不穩，連站著都搖來晃去，可能是毒品的影響，因為我並沒有看見他喝飲料。

大概過了十分鐘，感覺他邊帶表演邊講的正起勁，CoCo 拉著他坐下來，再次拿起飲料給他，這次他沒有任何猶豫，插上吸管就猛喝，像是口渴了很久一樣。這時我看了一下手錶，十一點二十一分，我開始計時，五顆暈車藥的藥效要開始發作大概是十分鐘，「三十一分他應該就要倒下，」我心裡這麼說。

但才二十七分，他整個人就從椅子上跌下來，CoCo 想拉都拉不住，她開始東張西望，我知道她在找我。

我走過去，CoCo 看著我，「欸，他昏倒了耶。」

這時我聽到一陣打呼聲，「不是，他是睡著了。」我說。

「欸，他身上有好臭的塑膠味喔。」

「對啊，他有吸毒的習慣。」

「他吸毒你還給他吃暈車藥，這樣會不會死掉啊？」

「哪那麼容易死掉？」

「欸，他剛剛說他殺了兩個老人耶。」

「他講得很清楚嗎？」

「對啊，還帶動作表演耶，我一直跟他說好刺激喔，他就一直講下去。」

「妳要記得，他是唬爛的，那些只是他自以為凶狠可以騙女生上床的把戲而已。」

「我當然知道啊，怎麼可能殺人沒被關還在路上晃？」

我大概可以確定 CoCo 真的很天真自然了，果然天然呆。

「我的手機呢？」

「在這裡。」她從包包裡拿出來交給我。

這時我在已經睡到像昏迷一樣的鄭育民口袋裡搜出一疊鈔票，還有一串鑰匙，鈔票算一算有一萬七千多元，我自己留下兩千塊的租車費，「來，這些都給妳。」我說。

她拿過鈔票數一數，「欸，多了五千多耶。」

「當小費吧。」

「這麼好喔？那我可以走了嗎？」

我把鄭育民背到背上，「等一下，妳再幫我一個忙。我要把他弄上車帶去客戶那邊，妳幫我扶著他的屁股，弄好妳就可以走了。」

「喔好！」

把鄭育民弄上車後，CoCo親了我的臉頰一下，「下次如果還有這麼好玩的事，記得叫我，反正你有我的手機號碼嘛，不要忘了喔！」她說。

我一路開著車往山區前進，我知道一顆暈車藥的藥效大概是六個小時，但我不知道五顆的效力是不是直接乘以六，總之，我至少有六個小時的時間可以找到一個沒有人發現的地方，把他處理掉。

我把車開在人煙罕至的狹窄產業道路上，不停前進，半夜一點半左右，在不知道是哪座山的山裡，我發現一間廢棄的建築，已經壞了不知道多久的鐵門半開，四周雜草叢生，我用車燈把整個內部照亮，發現裡面有些東倒西歪的大貨架，還有一個已經滿是鏽斑的小貨櫃歪歪斜斜地靠在角落，這以前可能是一間倉庫吧。我把準備好放在車上的東西拿出來，再把鄭育民擺到椅子上，手腳套上束帶，身上纏了膠帶。

然後我好整以暇地點上一根菸，拿出手機慢慢聽他怎麼殺獨居老人的過程，我只能說像林文明一樣殘忍、邪惡、喪盡天良的人還真是大有人在。

他說他第一次只是潛進獨居老人的家裡偷錢，為了不留下犯罪證據，他還自以為聰明地穿著鞋套跟手套，但是錢還沒偷到就被發現，那個老人一直大吵大叫，他怕引來鄰居注意，為了讓老人安靜下來，乾脆拉著他的頭去撞牆。

撞一次不夠，當然要撞第二次，撞第二次還沒昏倒，當然要撞第三次。

「幹你娘我都不知道撞幾次啦，我只知道他還滿厲害的耶，撞了好多下都沒昏。」

這是鄭育民在錄音裡的原音重現。

他搜遍了老人的住家，只搜出幾千塊錢，當他心有不甘正要離開時，發現老人已經醒了，正滿臉鮮血地撥打電話求救，他急得趕緊把電話掛掉，一直逼問老人電話撥通了沒，老人說連號碼都還沒撥，但他根本不相信，老人哀求著，請鄭育民把錢拿走沒關係，不要殺他，讓他打個電話叫救護車就好。

鄭育民根本不理會老人的懇求，他在老人的住處找到一把鐵槌，直接把剛剛老人拿話筒的右手砸爛。老人再也承受不住痛苦，結果就是十幾天後被發現的屍體。

這時 CoCo 的聲音問說，「那你怎麼不把老人毀屍滅跡啊？」

鄭育民回答，「妳這個笨女人，妳是白癡嗎？我騎摩托車怎麼載一個全身都是血的老人啊？」

第二個遇害的老人基本上比第一個「幸福」，因為鄭育民假裝是社會福利義工，買了一個便當去給那個老人吃，裡面放了他在吸食的毒品，但那個老人有心臟病，便當還沒吃完人就死了。

「幹你娘我哪知道這個臭老頭有心臟病？他就在那邊發抖發抖，嘴巴裡還在咬的東西就一直冒出來，幹你娘超噁心的，他就一直掐著他的心臟，沒多久就不動了啊，我以為他是昏倒耶，結果我拿完錢才知道他死了，哈哈哈！」這是錄音裡的原音重現。

重點是，錄音裡的內容跟阿和駭進警察機關拿到的命案現場勘察報告幾乎吻合。

聽完錄音，不知道為什麼，我心裡非常平靜，而且安心。

不為什麼，只為了這個敗類現在落到我手裡了，再也不會有其他老人受害了。

鄭育民就被我五花大綁地坐在我面前鼾聲大作，我靜靜地抽了一根菸，開車到山下的便利商店買了幾瓶水、一瓶咖啡跟一個麵包，然後回到廢棄建築把麵包吃完，接著我用水把鄭育民潑醒，這時是凌晨兩點將近三十分。

我要開始處理他了。

要從嘴唇開始釘嗎？還是……眼皮？

15

鄭育民的腦袋大概被毒品給搞壞了，他不正常的程度超過我的想像。

也可能是那五顆暈車藥的量太重了，他講話顛顛倒倒，前言不搭後語就算了，每句話有一半是髒話，看起來就像是一個喝醉的人在發酒瘋。

他先問我這是什麼地方，我沒有回答他，過了幾秒鐘他又自問自答地說幹你娘這是他家的客廳，問我怎麼可以進去他家。然後他發現自己被綁住無法動彈，一連串罵了十幾字經，重點只有最後的三個字：「放開我。」

我點了一根菸給他，他叼著菸猛抽，白色的煙霧幾乎擋住他的臉，煙薰得他眼睛睜不開，整張臉揪得跟包子一樣。這時菸掉到他的胸前，滾到肚子上，慢慢燒破衣服，他開始大叫，並且劇烈地搖晃身體，整張椅子被他弄得咯吱作響，然後他一個動作太大，整個人往後仰，重重地摔到地上，頭部撞擊地面的聲音好響，聲音在這間無人山區的廢棄倉庫裡不斷迴盪。

這一撞，他大概醒了七分，除了好痛之外，他沒講過其他的詞，連幹你娘都沒有，我沒有扶他起來，也沒有理會他，我只是靜靜地坐在椅子上，看他何時能清醒地跟我對話。

我為什麼要等他清醒？

因為我要他清醒地感受被虐待的痛苦，我要他清醒地知道，做壞事的報應不是很久以後才會來。

「扶我一下，拜託……」他說，人依然黏在椅子上躺著掙扎。

「清醒了？」

「幹你娘我本來就是清醒的！」

「是嗎？你剛才的表現像個智能不足的瘋子。」

「幹你娘你是誰？」

「不要問，很恐怖。」

「幹你娘是在講三小？」

「你最好別再罵髒話，我不喜歡別人跟我說話總是想幹我娘，尤其跟我說話的人是個廢物的時候。」

「幹你娘你說誰廢物？」

「你，鄭育民。」

「你為什麼知道我的名字？你到底是誰？幹你娘你最好把我放了，不然我一定會殺了你。」

「你這麼弱應該只能殺老人吧，廢物。」

「幹你娘有種把我放開，單挑啊！幹！」

「好，我剛剛給過你機會，叫你別再罵幹我娘，現在我受不了了。」我說。

我起身走到他前面，一腳從他的臉上踢下去。

大概過三秒鐘，他的嘴唇因為強力撞擊牙齒，導致鮮血直流，鼻血也從鼻孔不停冒出來，他的慘叫又引起回音。

我坐回椅子上，靜靜等他慘叫結束，沒想到，他竟然開始哭。

好戲才剛要開始，他竟然就已經哭了？我忍不住笑了起來，心想這個廢物比廢物還不如，地球上應該找不到可以形容他有多廢的形容詞了。

我下次一定要計時，看看落到我手上的廢物在我施以報應時多久會哭出來。

他邊哭邊說，「幹你娘這裡到底是哪裡啦？幹你娘你到底是誰啦？」我記得有個姓馬的先生在學生問他經濟環境不好，便當變得好貴，錢只夠買一個但都吃不飽的時候，他非常認真地回問學生一句話：「一個便當吃不飽，你有吃第二個嗎？」

我猜他是被我踢一次不夠爽，我應該踢第二次。

踢第二次的結果讓我很後悔，因為他昏倒了，我得再次用水把他潑醒，然後等他神智恢復。

時間已經是三點多了，我沒什麼時間繼續跟他耗下去。「你快點清醒一點，大哥，我幾個小時之後還要上班啊！」我說。

我把他扶起來，拿水從他頭上澆下去，他醒過來之後大叫不要打我，我甩了他一巴掌，「你給我安靜點。」

我坐回我的椅子上，從口袋裡拿出釘書機在手上把玩著，「鄭育民，我們來好好談一談。」我看著他的眼睛，他一臉恐懼地慢慢望向我。

「來，我先給你聽個東西。」我拿出手機，播放他剛剛清楚描述如何殺了兩個獨居老人的精彩過程。

還聽不到一半，他就用顫抖的聲音說：「你……是警察？」

「你不用管我是不是警察，你只要好好地聽完自己所說的話。」我說。

「我不是故意要殺他們的……我只想要錢……」看樣子，他根本不敢面對自己殘忍的自白。

我沒有理他，繼續靜靜地播著錄音，但他根本沒在聽，「你不要再放了……拜託你……你不要再放了……拜託你……你不要再放了……拜託你……」他就一直重複著這句話，我叫他安靜，他卻愈講愈大聲，後來連這話都不講了，不停地發出怪聲，像是想用音量壓過錄音，不讓自己聽到。

我走過去，抓起他已經濕透的頭髮，趁他嘴巴還開著，直接送他兩針。

哎呀，我錯了，明明想好要釘在眼皮上的。

跟林文明一樣，他痛到慘叫，髒話猛飆，猛烈地左右搖晃他的頭，他一直想伸手去摸嘴唇，但根本沒辦法，束帶加上膠帶怎麼可能弄得開？

錄音持續播放，直到完全結束，寧靜頓時籠罩了四周，空間彷彿瞬間縮小，我甚至覺得這棟廢棄倉庫的牆壁正擠壓著我的肩膀。鄭育民此時也安靜了下來，低下頭不停喘氣。

「殺老人，你很爽嗎？」我問。

他沒有回答，頭依然低著，「你最好回答我。」我語帶威脅，但他依然低著頭保持沉默，我走過去，想直接在他眼皮來一針，這時他突然翻臉，朝我吐了一口痰，那痰還滲著他嘴唇的血，直接黏在我的衣服上。

他哈哈大笑，已經發腫的嘴唇跟沾血的牙齒讓他看起來像是個被關很久的瘋子，想咬舌自盡卻失敗。他的表情變得非常猙獰，「對啊，超爽的！我就是要殺他們啊，怎樣？」他說得咬牙切齒，瞪著我的眼睛睜得像牛眼一樣大，「他們就是該死啦，老人不快點死一死是要活多久啦！我就是要殺他們啦，有夠爽！非常爽啦！怎樣？」他愈說愈大聲，表情愈來愈猙獰。

我開始發抖，爆發的憤怒混合著腎上腺素分泌的興奮，我對他笑了一笑，把他從椅子上鬆開，解開綁住他雙手的束帶，然後用繩子把他重新捆在一旁已經髒得黑不啦嘰的柱子上，讓他的手掌可以平貼地面。

然後我從旁邊撿了一顆壘球大小的石頭，蹲在他的旁邊，「我問你，那個打電話的老人，你砸爛他哪隻手？」

他瞪大眼睛，驚恐全部寫在臉上，「拜託你不要……」他帶著哭音說，沒錯，他又哭了。

「你最好快講，不然我會把你兩隻手都砸爛。」

他還是沒說，只是一直求饒，眼淚一流到嘴巴附近就被染紅，帶血的鼻涕不止，要不是他一直在哭，應該分不清那到底是鼻血還是鼻涕。我拿膠帶封住他的嘴，挑起他右手的小指，他用力地握緊拳頭不讓我掰開，我二話不說直接從他手背砸下去。

那感覺很特別，像是砸斷筷子一樣。

他的手背凹陷，慢慢滲出血來。

我知道那一定很痛，他的慘叫被膠帶封在嘴裡，聽起來悶悶的、破裂的、顫抖不止的。

「很痛吧？你應該知道那個老人在當時有多痛苦了吧？」我說。

他的眼淚一顆一顆不停地滴落下來，他的身體發抖的頻率應該每秒鐘有十下，我撕掉他嘴上的膠帶，他開始乾嘔。

我點了一根菸，看著他不停發抖的身軀還有淚流滿面的樣子，我沒有任何一絲同情，只覺得心情舒暢。

幾分鐘後，他手背上的血流到地面，和著他流了一身的汗，形成一灘血水，他看著我，用無法控制的顫抖聲音對我說，「我又不認識你……我跟你無冤無仇……你為什到底要怎樣……」

「那兩個老人也跟你無冤無仇，不是嗎？」

「阿 Sir……警察先生……我願意去自首，我活該，我該死……你把我抓去關……拜託……」

「鄭先生，我不會把你抓去關，理由有兩個，第一，你很有可能才關幾年就被放出來繼續危害社會，很抱歉，我不相信司法。」我停下來抽了一口菸，然後繼續說，「第二，我不是警察。」

他的表情驚訝得像是看見鬼一樣，眼睛不停地轉動，像是在思考這所有發生的一切到底是怎麼回事。

「那你是誰？」他的聲音持續顫抖著，明明就是個男人，聽起來卻像是個該死的太監。

我拿著石頭走過去，輕輕碰了他的頭幾下，暗示著我就要從他的頭上砸下去，我想那應該很像抓頭去撞牆的感覺。

「我是你的報應。」我說。

我是你的報應。

失控

人真的很悲哀，永遠都以為自己可以控制狀況，
永遠都自以為悲劇不會發生在自己身邊，
也永遠都自以為出事了絕對有辦法解決。

但當事情真的發生時，
才知道根本處理不了。

16

一旁的榕樹被風吹得窸窣作響，頗有颱風山雨欲來的態勢。接近中午時分，本來在涼亭裡下棋的老人已經離開，我想他們應該是回家吃飯了。

我手上的啤酒早就喝完了，空罐子在地上滾動。

周先生起身把已經滾遠的罐子踩扁，撿起來丟進旁邊的垃圾桶，「地球只有一個，我們都應該做環保。」他說。

「嗯……你不怕嗎？」在他坐回位置上之後，我開口問，「我是說……那是三更半夜，深山野林裡的一間無人倉庫，你在那裡殺人，你不怕嗎？」我說，因為我心裡一直有個疑問，一個會主動撿拾地上垃圾的人，為什麼有勇氣殺人？

「你問的是三更半夜在深山裡這件事，還是殺人這件事？」

「其實都很可怕，偏偏你兩樣都做了。」

「三更半夜在深山裡其實並不可怕，我又沒做虧心事。」

「那殺人呢？為什麼你下得了手？」

他摸摸鼻子，看向天空，「我剛說了，我是他們的報應，報應來的時候完全沒有下不下得了手的問題。」

「意思是，你的行為是出自正義的？」

「可以這麼說，但我認為你不該問我正義與否的問題，你該去問問代表正義的司法，為什麼常讓受害者失望。你也看過新聞吧，你難道沒看到太多的案件發生之後，法院只在乎犯人有沒有悔意，甚至有些團體還高喊著受害家屬必須學會寬恕，我覺得這比殺人還要殘忍。」

「這……」

「趙先生，」他微笑地看著我，笑中有點無奈，「這樣吧，我問你幾個問題，請你依自己目前的觀念與直覺來回答就好。」

「請說。」

他從菸盒裡拿出一根菸，還沒有點燃，「有一個強姦了年輕夜歸女子的性侵犯，被害女子被他襲擊後無力反抗，只能一直哭喊著不要不要不要。一審法院判他十年，他上訴，理由是他認為當時受害人只說了不要，但並沒有抵抗。二審一樣維持原判十年，性侵犯再上訴，理由幾乎相同，這時離案發已經有兩年時間，最後最高法院判決性侵犯有

『悔意』，減刑期為八年定讞。」他說，這時才把菸點燃，「請問趙先生，悔意怎麼量？用什麼量？」

「這我知道……」

「還有，當一個女性被性侵，可能一輩子都有陰影，請問八年刑期夠嗎？以目前的法律來看，他可能關四年到六年就出獄重獲自由了，這對被害女子公平嗎？」

「嗯……不公平。」

「再來，又一個性侵犯，他比前一個更惡劣，他性侵自己的女兒，從國小五年級開始到高中，一共性侵七百多次，法院判他必須服刑一千多年，『合併執行』十六年，請問，一千多年和十六年相等嗎？」

「不相等。」

「那合理嗎？」

「不合理。」

「既然不合理，那這法條留下何用？我們能否欠稅一千多萬，合併執行十六萬？」

「國家當然不會讓你合併執行十六萬。」

「那為什麼國家這樣優待一個性侵犯？」

「這確實非常不合理。」

「再來，另一個殺人犯，關了十年之後出獄，又殺了兩個人被關，案子繼續上訴到最高法院，法官最後還是說罪犯仍有教化可能，再次從死刑減為無期徒刑。請問，要怎麼看出這個一犯再犯的殺人魔有教化可能？因為他唸佛經還是信耶穌？」

「我不知道教化可能怎麼看得出來。」

「所以當你問我，我是否代表正義的時候，我只能這麼回答你，我代表正義與否重要嗎？如果正義真能被伸張，暗社工絕不會存在。」

「你說的，我都認同。」

「趙先生，你認不認同我這種地下正義，其實對我來說並不重要，坦白講，我也不需要你的認同，我最後再簡單地問你一個問題就好。」

「你請說。」

「其他案子不談，像是林文明跟鄭育民這兩個證據確鑿的垃圾，如果他們不是遇到我，而是被警察逮捕歸案，你覺得他們多久之後會被槍斃？」

「證據確鑿的話，我認為應該要盡快讓他們伏法，愈快愈好。」

「不只你覺得應該要很快，我相信大多數的民眾也一樣這麼覺得，但事實上會很快嗎？不但不快，還慢到令人匪夷所思的地步，我常在想，都已經證據確鑿了，是在等什麼呢？你知道現在關在監牢裡證據確鑿、死刑定讞的犯人有幾個？他們關多久了？他們每關一天，對受害家屬都是一天的折磨。」

「嗯……」

「有部電影叫《火線救援》，男主角在殺人的時候說，『寬恕是上帝的責任，我的工作是安排他們見面。』這句話非常符合我的心情。」

我看了他一眼，笑著說，「那是電影，但這是現實。」

「我喜歡這種現實。」他說。

這時開始下起豆粒大的雨，我跟他互看一眼，他用下巴示意我涼亭是空的，我們便往那兒走去。

「周先生，我想起我在大學時看過的一則新聞，是國外的。」

「什麼新聞？」

「事情發生在半夜，有個地下停車場的保全在監視螢幕上發現，有一對男女正在隱密的樓梯間做愛，但他並不知道，那其實是個慣性強姦殺人犯正在性侵一個女孩，等到強姦犯離開，那女孩還躺在地上一動也不動的時候，他才發現事態嚴重。他手上明明有錄影帶可以當作犯罪證據，但他卻沒有交給警方，他耐心地等待那個強姦犯再次來到停車場，並且在他再犯案前把他殺了。」

「為什麼想起這個新聞？」

「因為我覺得你跟他很像。」

「哪裡像？」

「你先聽我說完。這個保全後來自首，他在開庭的時候說過這樣一段話：『我覺得是我害死了那個女孩，如果我警覺心高一點，早些去阻止的話，她就不會死。』那女孩的母親透過媒體向司法喊話，即使他犯了殺人罪，請不要讓這樣的一個好人被判死刑。」

「那，保全被判死刑了嗎？」這時，他又點著另一根菸。

「是的。」我說。

「你告訴我這則新聞的用意是什麼？想問我怕不怕被判死刑？」

「我不是在問你怕不怕將來可能面對死刑，我是在問你，明知道這一定躲不掉，你為什麼還要這麼做？」

「我只有一個想法，這社會死一個敗類就會多活十個好人。」

「你覺得被割喉的男孩的媽媽，還有兩個獨居老人的家屬會跟新聞中那位母親一樣感謝你嗎？」

「我不需要他們感謝，」他微笑著說，「我根本不想被他們知道是誰做了這些事。」

「這幾乎是不可能的。」

「怎麼說？」

「如果我這本書真的出版了，或是警察在書出版前就找到你了，你肯定是社會頭條，全台灣都會認識你。」

「你怎麼確定我一定會被抓到？」

「恕我直言，我覺得這只是時間早晚的問題。」

「不，我這麼問好了，你怎麼知道我會讓他們抓到活的我？」

我聽完愣了幾秒鐘，「……你……早就有準備了？」

他別過頭去，吸了一口菸，吐出長長的白霧之後說，「抱歉，我不想再討論這方面的問題，你可以問點別的嗎？」

他的表情嚴肅，看來應該是認真的，我也不方便再問下去。

「好吧，那我們放下所謂正義與現實司法表現之間的落差問題，回到最基本的人性，我還是很好奇，為什麼你要這麼做？」我說。

「趙先生，我從你的話裡聽出另一個你真正想問的問題。」

「什麼？」

「你其實是想問，這又不干我的事，為什麼我要多管閒事，對嗎？」

我笑了起來，「你要這麼解讀也可以啦。」

「好，我告訴你，其實我也問過自己這個問題，本來我找不到答案，但後來我猜想，應該是林文明的關係，我猜上帝安排我跟他是同學，又安排我被他霸凌，最後再安排我去解決掉他。」

「你是基督徒嗎？」

他搖搖頭，「不是。」

「那麼……是？」

「我拿香拜關公，去過佛教聖地參佛，我也去過教會，但其實我沒有信仰，我只相信命運自有安排，否則我也沒辦法做這件事，更沒辦法請你來記錄這些事情。」

「對了，你為什麼一定要記錄這些？」

他愣了一下子，表情變得耐人尋味，「因為事情開始失控了。」他說。

「失控？」

「嗯，」他點點頭，「失控的狀況愈來愈多，讓事情變得非常複雜。」

寬恕是上帝的責任，我的工作是安排他們見面。（出自《火線救援》）

17

失控的狀況一：阿和發現我是暗社工。

處理掉林文明和鄭育民之後，不知道為什麼，我好像開始上癮了。

除了上班時間之外，我總是盯著電視新聞看，在公司休息時間也是拿著報紙猛K，我不看政治、體育或影視，我只看社會版，我想看看又有哪些人幹了哪些喪盡天良的事，那麼我的好戲就又上場了。

我有一種隨時都想把壞蛋殺光的衝動。

阿和把鄭育民的資料交給我之後兩個星期，警察還是沒有查出獨居老人命案的凶手是誰，新聞上自然沒有跟這案子相關的進展或追蹤消息，再加上一些政治人物一天到晚出事情搶版面，新聞一條蓋一條，兩個老人的命就這麼被遺忘了。

但阿和並沒有遺忘，週末，他一大早就把我叫醒，說有事情要跟我商量，當我趕到他家的時候，他一邊啃著小玉西瓜，一邊帶著質疑眼神看著我，「鄭育民呢？」

我下意識開始裝傻，「鄭育民？我怎麼知道？」

「你把資料交給警察了嗎？」

「我給了啊！」

「那為什麼案子還沒破？」

我繼續扯謊，「我怎麼知道？我真的給了啊！他們不去抓人我有什麼辦法？」

「你上次說一旦你確定他是兇手，就會把資料交給警察，我問你怎麼確定，你說你有辦法，問你什麼辦法你也不講，整個神祕兮兮，現在你說你已經把資料給警察了，那表示你已經確定他是凶手囉？你用什麼方法確定的？」

「色誘啊，他不是去色情按摩店刷卡嗎？我就寄援交的假訊息去他的臉書。」

「然後呢？」

「然後我假裝是援交女套他的話，他就承認啦。」

「喔？是這樣嗎？我給你看個東西。」

他把電腦的視窗轉到ＢＢＳ瀏覽器，螢幕上出現的是全台灣最大的社群論壇ＰＴＴ，他點了一篇文章給我看，文章標題是尋人啟事，要找的人就是鄭育民，裡面寫道：「幫我姑姑代 PO，要找她兒子，已經失蹤兩週，失蹤當天說要出門找朋友就沒再回來，電話也都打不通，已經報警但尋人進度緩慢，在此附上相片及簡單資料……如果有鄉民看見請與以下電話聯絡。」

「上面提到的資料幾乎跟我給你的一模一樣，你說，他為什麼不見了？」

「殺人犯當然會跑啊！」

「他失蹤的日期就是我給你資料的隔天，你確定他跑了？」

「你到底要說什麼？直說好嗎？」

「好，」他非常嚴肅地看著我，「你並沒有把他的資料給警察，對吧？」

我看著阿和的眼睛，想著該怎麼說才能再唬弄過去，「我有啊……」我說，語氣裡的心虛像是在只有兩個人的電梯裡放了個無聲的屁，被對方發現之後還要裝作若無其事一樣。

「你還是老實告訴我吧，周哲。」他說，把二郎腿翹得挺高，他的表情在告訴我，如果不是有百分之百的把握，他不會把我從桃園叫來，只為了問這些廢話。

紙包不住火了，我點點頭，「好吧，我告訴你。」

我把誘抓鄭育民的全部過程說了一遍，阿和聽得目瞪口呆，最後他問了三次「你真的……殺了他？」我被他問到煩，乾脆給他一個白眼。

「所以，同理可證，林文明也……」他說，我點點頭，直接招供一切。

「哇銬！」他激動得從椅子上跳起來，「幹！太酷了吧？」

面對他的反應，我有點意外。我以為他應該會罵我一頓，甚至說服我去自首。

「你說太酷了是……什麼意思？」

「就是太酷了的意思！」

「是怎樣……」

「這麼刺激的事情，你怎麼可以一個人幹？」

「什麼……」

「我要加入！」他指著自己的臉，「我，超強駭客，你最得意的夥伴，就像電影〇〇七一樣，你是詹姆士龐德，你身強體壯，你去出外勤；我是Q，我電腦高手，我後勤超強，我來替你找凶手。」他興奮地說。

「阿和，這不是在開玩笑的……」

「我沒有在開玩笑，我是認真的！」

「等等，你沒有聽懂我的意思……」

「我知道你的意思，你不用說了，我要加入，你不能阻止我。」

「不，你聽我說，這一點都不好玩，這是會……」

「會坐牢！我知道！但我要加入！」

「你腦袋秀逗了？」

「你才腦袋秀逗！」

「拜託……你怎麼……」

「周哲！」他做出要我閉嘴的手勢，「其實我早就加入了，只是你把我蒙在鼓裡，不是嗎？不然你怎麼找到鄭育民的？」

「我知道是你找到鄭育民的，但……」

「周哲，你還記得小學的時候你找我教你功課，我都是怎麼跟你說的嗎？」

我看著他的眼睛，無奈地說，「別擔心，我會幫你。」這句話同時從我們口中說出來。

「我知道你是好朋友，就因為這樣，所以我才不想拖你下水……」

「來不及了，你已經拖我下水了。」

我看著他，他笑嘻嘻地看著我，還搖頭晃腦地要寶，我知道這已經沒得商量，只好跟他說：「第一，你只能找凶手資料，對付凶手的事由我自己來。第二，不管我們做掉多少個，你電腦裡絕對不能留下任何紀錄。第三，如果被抓，我會撇清跟你的關係，也就是說，我不認識你。」

因為暗社工的工作已經不再是只有我一個人知道的祕密，我非常擔心會有難以預測或是無法避免的狀況發生，只能先約法三章，亡羊補牢。

想都不用想也知道他會點頭如搗蒜地答應。

我們開始「團隊」合作之後，「業績」扶搖直上，一個月內就處理掉三個人，比我本來獨自進行的速度要快非常多，而且不只速度快，過程還非常順利，我於是漸漸淡忘了自己的擔憂。

我們第一次真正的團隊合作，也就是我第三個目標，是一個詐騙集團的首腦。他沒有殺人，他只是騙錢，但他的行為直接害死了三個人。一個跳海，一個燒炭，最後一個受害人是個女老師，再兩年就可以退休了，戶頭裡存了七百多萬，本來想在退休後環遊世界，但在上星期，她戶頭裡只剩下十三元，這該死的混蛋連百元單位都沒有留給她。

她選擇從八樓的住家跳下，死了一了百了還好，最慘的是她撞上三樓的遮雨棚，摔壞了腦袋，也摔斷了脊椎，醫生判定就算腦袋醫好了，也會永遠癱瘓直到死亡。

這個首腦叫曾永吉，是個年紀不到三十歲的廢物，一直躲在中國廣州，還常到澳門賭博灑錢。三年來至少騙了一億，受害人有幾百個，這些資料全都在曾永吉的電腦裡，

「在他的電腦裡，就等於在我的電腦裡，哇哈哈哈！」阿和說。

阿和在網路上查到他的訂票紀錄，「星期五晚上他要回台灣，幹不幹？」他問。

我點點頭。

處理曾永吉的過程非常順利。

我們先查到他請租車公司去接機的資料，然後打給租車公司退租，我再去租一部跟他預訂的車型一樣的車子，假扮司機到機場去接他，他上車之後，我拿了一杯星巴克給他，「一路飛行辛苦了，曾先生，這是本公司招待的咖啡。」我說。

我一邊開車，一邊用後視鏡看著他一口一口地喝下去，本來他還在看窗外的風景，隨後不到十分鐘就睡著了。是的，我又加了五顆暈車藥。

我把他帶到處理鄭育民的那間廢棄倉庫，照我「SOP」的程序走。

一、先把他身上的錢搜出來，拿出四千塊的租車費（他選的車子比較高級），剩下的則放回去。使用者付費，再者，我不偷錢。這是我的原則。

二、用水把人潑醒。

三、跟他「聊天」，聽聽他有什麼遺言。但通常遺言都是慘叫。

四、拿釘書機送他幾針。

五、報應時間。

六、送他上路。

整個SOP裡，我最重視步驟五，因為我是個講求「報應品質」的人，既然他是個詐騙犯，我就要把他騙人用得到的東西全都毀掉。

他用嘴巴騙人，那我就讓他沒辦法講話。

我先狠狠賞他幾拳，沒記錯的話，他一共斷了五顆牙齒，但我的手也痛得要死。我又用水把他潑醒，醒來後的他一邊道歉一邊罵幹你娘，這種毫無邏輯的對話只彰顯了一件事：他已經失去了理智。我沒理他，繼續執行我的報應手段。我先用夾子夾出他的舌頭，然後從中間一刀剪下去，讓它像蛇舌一樣分岔。你或許沒想像過剪舌頭的觸感是什麼，我告訴你，那就像在剪豬的三層肉。他的慘叫聲和著剪刀合起來的「唰」聲，簡直是天籟。

我把他的舌頭放開，血流得他滿嘴都是，但他還是能對我咆哮，我聽得出那是在罵我髒話，我心想，既然這樣他都還能開口，那乾脆把他的嘴巴用釘書針縫起來好了。一針疊一針，一針再疊一針，那樣子遠遠看起來像是嘴巴周圍長了銀色的鬍子。

他是繼林文明之後第二個尿褲子的人，從我開始折磨他，到他哭出來，一共花了五分十四秒，顯然耗時比鄭育民要多上許多，為此我有點失望，我期待下一個目標可以破鄭育民的紀錄。

處理第四個和第五個目標中間只相隔一週不到，那個星期真是忙死我跟阿和了。第四個目標是個居無定所的毒蟲，名叫呂德瑞，家裡很有錢，偏偏養出他這個敗家子。他的工作就是開著車子到處販毒，被抓了很多次，又放出來很多次，因為爛攤子收不完，家人因而跟他斷絕關係。他其實也沒差，販毒的收入足以讓他生活得多采多姿。其實他只要一直販毒就沒事，我認為吸毒就像吸菸一樣，都是自己選擇的。但誰叫他要殺了一個傳播妹，只因為那個女孩不跟他一起去開房間。警察其實已經查到他是殺傳播妹的凶手了，但因為他居無定所，所以警察也很難在第一時間找到他。

他以為全天下沒人能治得了他了。

為了安全起見，阿和用曾永吉那些跳了好幾個區域，很難查到源頭的詐騙電話線打給呂德瑞，跟他說要買五十公斤K他命。呂德瑞還算小心，在確定我們不是警察之後，直接在電話那頭談起生意來：「我有一百七十公斤，你全買，我給你打個折。」那聽起來就是個尖嘴猴腮型廢物的聲音。

我跟他約半夜兩點在中和烘爐地的停車場，他說土地公會保佑他交易順利，聽得我在電話這頭差點沒笑出來。

一樣加了五顆暈車藥口味咖啡，一樣的廢棄倉庫，一樣的ＳＯＰ，不一樣的步驟五。（這次租車費是兩千元，我很誠實，絕不謊報。）

我承認這次的步驟五比較殘忍，但這不能怪我，是他不肯配合。

我要他把帶來的所有Ｋ他命全吞下去。雖然我也知道這是無理的要求，但我可是他的報應，報應無關合理與否。他死命搖頭不肯就範，還說要開車撞死我，沒辦法，我只好卸了他的右手。

他在我準備動手的時候大聲求饒，同時尿了褲子，我趕緊按下碼錶，時間是三分四十三秒，很好，比曾永吉快多了。

對了，我沒帶比較大的刀子，所以只好用剪刀，才剪第二刀他就痛昏過去了。剪到骨頭的時候我才知道，原來骨頭這麼硬，只好直接折斷。

講到這把剪刀的用途，就不得不說到第五個目標。

他是個五十多歲的大叔，叫朱志漢，三次性侵，三次入獄，一共關了二十四年，他老兄就是管不住自己的老二，在我找他的前三天，他才剛又性侵了兩個上班晚歸的女子，其中一個被他丟到大排水溝裡淹死。

排水溝，又是排水溝！我想起林文明把我踢進排水溝的回憶，整個火都上來了。

要處理這種好色的人，光靠我一個大男人是沒辦法解決的。於是我打電話給 CoCo，告訴她生意上門。

我請 CoCo 打電話給他，用的當然還是曾永吉的詐騙專線，她假裝連續撥錯三通電話，又囉哩囉嗦態度極差，讓朱志漢整個火冒三丈，「哎唷你不要生氣嘛，打錯電話也算是有緣分啊，我私底下有在兼差，要不要來光顧，我算你便宜一點。」CoCo 說。

好啦我承認是我教她的，但 CoCo 依然敬業，入戲速度極快，我跟阿和都非常滿意她的表現。一樣的二重疏洪道運動公園，一樣的五顆暈車藥口味咖啡，一樣的摸奶親嘴戲碼上演。

但讓我很不爽的是，這位大叔出門只帶了三千塊，而且我是在他的鞋子裡找到錢的，擺明了就想幹免錢，明明電話裡講好六千塊一次，沒品又低級的廢物。

我跟 CoCo 說很抱歉，這次錢不夠，下次再補給她，她很阿莎力，完全沒跟我計較，「十分鐘賺三千，我也很開心啊。」她說。

一樣的廢棄倉庫，一樣的SOP，不一樣的步驟五。

這位大叔比前面幾個廢物還要廢，他一醒過來就滿臉慌張地鬼叫著「這是哪裡？你是誰？你想幹嘛？啊啊啊啊不要拜託……」這樣，而他只花了兩分〇二秒就尿褲子了。

我不得不說，雖然我在當兵的時候跟同袍一起洗澡，看過很多老二，但朱志漢的老二絕對是最噁心的，我猜他可能幾天沒洗澡了，因為他身上有一股臭味，當我把他的褲子脫掉時，一陣又薰又臭的騷臭味整個衝出來，我肚子裡正在消化的晚餐差點跑出來跟我見面。

因為他是個性侵犯，所以他的步驟五有兩個。

第一，我拿了一根掃把，抹好了潤滑劑，直接戳進他的屁眼。

不過我戳了之後就後悔了，因為他噴出了一大堆大便，臭到難以忍受，我只好把他拖離原地，遠離那一灘……

第二，既然已經讓他體會到被性侵的滋味了，那他性侵別人的工具，當然要卸下來。

是的，你猜對了。

我剪了他的老二。

因為一切都順利得讓人感到滿足，我便以為暗社工的工作會一直毫無阻礙地進行下去，直到我被抓，反正警察總有一天會找上門。

但讓我吃驚的是，先找上我的竟然不是警察。

步驟五的奧義：以其人之道，還治其人之身。

18

失控的狀況二：來自輿論的壓力。

有一天阿和急急忙忙地跑到桃園找我，給我看了一則手機裡的信件，寄件人的名字是亂碼，阿和說對方是個幫忙找過凶手的駭客，內容是：「有個記者寫了一篇稿子，存在他的電腦裡已經十天了，內容跟你先前查的人有關，可能要注意一下。」

我們打開附件，是那名記者寫的稿子。

內容是這樣：

他們為什麼失蹤？

自從今年一月底發生男童割喉案之後，社會治安敗壞的問題再次浮上檯面，警方因為這些社會矚目的案件無不繃緊神經偵察，只是至今一無所獲。我們不禁要問，殺男孩的凶手去哪裡了？怎麼可能人間蒸發？

而不久後又發生了兩件獨居老人慘死的社會案件，警方其實早已鎖定某些可能涉案的嫌疑人，其中一人便是有毒品及妨害自由、妨害公共安全前科的鄭育民。警方在查訪鄭家的同時，鄭母絕口不提兒子的去向，但奇怪的是，全台最大BBS站卻在五月底時出現一篇協尋鄭育民的文章。

鄭育民到底去哪裡了？

六月，犯罪調查部門內盛傳一位可能是詐騙集團首腦的曾姓嫌犯回台後立即失蹤的消息。而犯下傳播妹殺人案的嫌犯以及日前才三度假釋出獄的朱姓受刑人也下落不明，警方遍尋不著這兩人，巧合的是，警方透露朱嫌可能才剛犯下一起性侵殺人案。

一位已經退休的調查人員向記者透露，這種狀況極不尋常，這些嫌疑人通常會被境管，他們沒辦法出國，雖然可能偷渡，但五個嫌犯同時期偷渡成功的可能性很低，所以人還在國內的機率相對較高，但台灣就這麼小，警方怎麼可能找不到？該退休調查人員猜測，他們可能已經死亡，懷疑可能有人甚至是團體正在執行所謂的「私法正義」。

會有這樣的情況發生嗎？真會有民眾或團體因為長期不信任司法判決與執行速度而開始私下執法嗎？如果有，那他們終將會被制裁，即使立意良善，即使他或他們將會被稱為現代的蝙蝠俠。

阿和看到蝙蝠俠之後罵了一聲幹，「我們是暗社工！不是蝙蝠俠！」他說。

雖然我也對這個奇怪的稱呼頗有微詞，但這並不是重點，重點是為什麼會有記者主動去關注這件事，他甚至比警察更早發現這些凶手早就失蹤。

出來混總是要還的，我知道。

但是我本來設想的狀況是某天我就要出門，結果門口一堆警察，我知道大勢已去，所以面帶笑容地被帶走，那時一定有一大堆新聞直播車在我家樓下等著訪問我，而我連台詞都想好了：「一條命換幾條社會敗類的命，非常值得。」我知道這會讓阿姨、姨丈跟懿秀很難過，但我自認是在做對的事，我值得一個壯烈犧牲的場面，我應該是直接被警察帶走，讓新聞媒體告訴社會大眾我曾經做了什麼，而不是被一個記者的一篇蠢報導給搞砸！

「喂，我有一個疑問，」阿和抓抓頭，「為什麼他新聞稿都寫好了，卻壓了十天沒發呢？」

我思考了一下，「說不定是他的長官覺得這篇報導太扯，不讓他上。」

「嗯，這有可能，但他為什麼會注意到這些人失蹤了？」

「這一定有原因，我們查得到嗎？」

「當然可以試試，不過，我覺得比較可怕的問題是……」阿和欲言又止。

「是什麼？」

「通常記者都會認識很多警察，如果他注意到了，是不是等於警察也知道了？」

「放心，這你不用管，」我拍拍他的肩膀，「都是我幹的，沒你的事。」

「那現在怎麼辦？」

「你先回去查這個記者為什麼會注意到這些事，我們暫時不要碰面，看看狀況怎麼樣再說。」我說。

隔天，阿和傳 Line 給我，他說查到那個記者為什麼會寫這則報導了，「周哲，那個記者是鄭育民的舅舅……」後面附上好多張崩潰的貼圖。阿和問我怎麼辦，我回他「我們先安靜一陣子再說吧，只要他這篇新聞稿沒發，我們還可以多做掉幾個。」

可惜事與願違，事情往往不會依著自己的期望發展。

那篇新聞稿隔天就被發表了，就在我們查到他是鄭育民叔叔的隔天。

新聞稿被轉貼又轉貼，沒多久就產生了輿論效應，才一個下午的時間，網路鄉民和臉書幾乎有一半都在討論這件事。當天晚上我沒出門，盯著新聞觀察狀況變化，新聞看完就繼續看政論節目，至少有三個節目在討論我們，其中一台請的來賓比較火爆，在節目上為此激辯到連髒話都飆出來了。

當天深夜我在臉書上看見幾個民調。

第一個，如果那些失蹤者就是凶手，你覺得？

A：死了最好

B：必須經過審判

C：沒意見

其中七三％選A，一九％選B，八％選C。

第二個，如果真有現代蝙蝠俠，你認同這樣的私法正義嗎？

A：很認同

B：一半認同

C：不認同，應該交給司法判決

其中三九％選A，四二％選B，一九％選C。

第三個，如果受害者是你的家人，你認同這樣的私法正義嗎？

A：很認同

B：一半認同

C：不認同，應該交給司法判決

其中七九%選A，一九%選B，二%選C。

然後網路上分成兩派激辯，Y派是贊同我們的，N派是反對私法正義的。討論沒多久就開始互相攻擊。N派說，如果這樣的事情變成常態，那路邊天天都看得見屍體，誰想過這種生活？Y派說，如果司法值得信任，有誰願意背負殺人罪，替社會大眾消滅敗類？

Y派隨即成立了挺現代蝙蝠俠粉絲團，人數在一天之內突破四十萬。N派慢了一個小時成立粉絲團，人數比Y派少了九萬。

我一夜沒睡，也睡不著，就坐在電腦前看著這些輿論爆炸。

有趣的是，我瀏覽N派粉絲團的時間至少是Y派的兩倍以上。N派裡的言論不外乎是「幹！現代扁食俠吧！憑什麼執法殺人？」「現代蝙蝠俠，你想紅吧？」「有你就不用警察啦！你繼續殺啊！」「奇怪，別人殺人干你屁事？」「他會不會是個魯蛇，因為警察考不上，所以幻想自己是警察到處殺嫌犯啊？」「自以為正義？幹嘛不自殺去當神？」「幹你娘我剛剛殺了一隻蚊子，現代蝙蝠俠快來幫牠報仇啊！」「我剛剛家暴我家的狗，快來殺我！」……

為什麼明明挺暗社工的粉絲團人數較多，而我卻為了反對方的言論難過呢？

人性真有趣。

當我看著那些反對派人士說話酸言酸語，嚴重人身攻擊的時候，我心裡很難過，我一直以為我在做對的事，哪天被警察抓了，我也會坦然面對我該面對的，為什麼要這樣詆毀我？

隔天我向公司請假，並傳 Line 給阿和，說我要回高雄一趟，或許是我察覺到自由的時間不多了，警察隨時會找到我，所以我想回去看看家人。

幾個月沒見，家裡的擺設有了一些變化，阿姨特地煮了一桌菜，懿秀保送甄試上了台大，準備去當阿和的學妹。那晚我們聊得很開心，彷彿以前的日子又回來了，只是我心裡裹了厚厚的一層落寞。

晚飯後，我借了阿姨的機車出門吹風，懿秀說她要去找同學，我順便載了她一程。她同學家在澄清湖後面的別墅區，一看就是有錢人家。

她下車之後，我像個會騎車的殭屍一樣，漫無目的地到處跑，把以前住在高雄時常去的地方全都跑了一遍，甚至連充滿糟糕回憶的國小也去了。

就這樣壓馬路壓了三個小時，不知道為什麼，像是車子有自動導航一樣，我騎到于小涵家，停在她家門口，點了一根菸，發呆。

這時于小涵正好回家，看到我，遠遠地就向我揮手。

「嘿！你怎麼在這裡？」她說。

「喔！我在到處閒晃。」

「我聽阿和說你到台北工作了？」

「對啊，今天請假回來走走。」

「走走，就走到我家來喔？」

「對啊，我記得上次見面好像說好欠妳一杯咖啡？」

「並沒有，你是不是記錯人了？」她呵呵笑了起來，彷彿我在小學時看見她的笑容一樣迷人。

「好吧，當我記錯人了，咖啡錢正好省下來。」

「有這樣的喔？」

「是妳說我記錯啦。」

「欸，我覺得你怪怪的耶。」

「哪有？」

「有啊，好像有心事，我遠遠地看到一個人在這裡抽菸，整個超級鬱悶的感覺。」

「我只是……有點心煩。」

「在煩什麼啊？」

「妳有看今天的新聞嗎？」

「欸，」她苦笑起來，「你兩次來找我都問我有沒有看今天的新聞，是怎樣？好像看新聞是我的工作，而你是上司，特地來監督我的。」

「沒有啦，只是問一下。」

「你說的是什麼現代蝙蝠俠那個啊？」

「對啊。」我點點頭。

「幹嘛問這個？你就是現代蝙蝠俠啊？」

「對啊。」我又點點頭。

「真的喔？那上次你來問過林文明的事，結果他就失蹤了，會不會就是你把林文明殺了？」

「對啊。」我再點點頭。

「哇！你好棒喔！為民除害啊！」她說，語氣跟表情充分表達了她的不相信。

廢話，當然不相信，如果是我，我也不相信。

「好啦我開玩笑的，我只是想問妳，如果真的有現代蝙蝠俠，妳贊同他的方法嗎？」

「嗯……怎麼說？」

「就用妳的直覺回答。」

「我覺得啊，如果這些失蹤的犯人真的是被現代蝙蝠俠給殺掉了的話，那表示民眾對社會治安已經到了忍無可忍的地步，他只是開第一槍的人而已。」

「所以妳贊同？」

「不，我不是贊同，而是能了解他為什麼這麼做。」

「如果是妳的家人受害，妳會希望他很快地讓壞人消失在這個地球上嗎？」

「當然會啊，這是人性嘛。」

「那為什麼還是有一堆人在罵他呢？」

「你說的是『反現代蝙蝠俠粉絲團』啊？」她哈哈笑了起來。

「對啊，看了好生氣。」

「幹嘛生氣，他們也沒說錯啊，事關人命，哪有一定對一定錯的？」

我聽完非常驚訝，「壞人殺人一定是錯的啊！」我說。

「但是現代蝙蝠俠也一樣殺人了，不是嗎？一樣是殺人，怎麼會他殺壞人就對了呢？」

「他殺的是壞人耶。」

「是的，但一樣是殺人。」

「所以說到底，妳並不贊同他囉？」

「我剛剛說過了，我能理解，但殺人這件事本來就是沒辦法被贊同的啊。」

「殺人這件事本來就是沒辦法被贊同的」這句話像一顆地雷一樣在我的腦中引爆，我怔怔地看著她，一時半刻說不出話來。

難道，我做錯了？

「周皓哲，你還好吧？」

我回過神來，「嗯，還好啦。」

「我們幹嘛聊這麼嚴肅的話題啊，哈哈！」

「對啊，真無聊耶我。」我搔了搔頭。

「欸，已經十二點多了，我要上去洗澡睡覺囉！」

「好，晚安啦！」

「下次要來找我先打電話，我確定你欠我一杯咖啡了！」

「哪有?什麼時候說好的？」

「現在，這一秒。」她說，邊說邊往大樓門口走去。

就在她剛走進大門時，我心血來潮叫住了她，「嘿!于小涵。」

她停住腳步，回頭。

「我小學的時候很喜歡妳，妳知道嗎？」

她愣了兩秒，笑了出來，「我知道啊。」

「知道就好。」

「所以你現在不喜歡我了嗎？」

「對啊，妳老了，我不喜歡了。」

「是喔，那好吧，欠我的咖啡就不用還了……」說完，她揮揮手走進大樓裡，就在牆壁擋住她的身影時，我聽到她的聲音從裡面傳來，「才怪！」

小涵啊，我也想還妳咖啡啊。

如果我還能再見到妳的話。

回到阿姨家時，阿姨跟姨丈的臉色很難看，尤其是阿姨，她坐在電話旁邊，整個人看起來憂心忡忡。

「怎麼了？」我說。

「懿秀早該回來了，但現在手機也打不通，她同學說她一小時前就離開了，再怎麼慢也該到家了呀，人呢？」阿姨一臉擔心地說著。

不好的預感，強烈地蔓延著。

19

「第三個失控的狀況最可怕。」周先生低下頭，像是在懺悔著什麼。

「為什麼最可怕？」

「因為失控的是我。」他說，「人真的很悲哀，永遠都以為自己可以控制狀況，永遠都自以為悲劇不會發生在自己身邊，也永遠都自以為出事了絕對有辦法解決，但當事情真的發生時，才知道根本處理不了。」

「什麼意思？」

周先生的表情凝重而緊繃，「懿秀一整個晚上沒回家，隔天姨丈的手機收到一封Line，來自一個不認識的號碼跟姓名，說懿秀在他們手上。」他說。

「……被綁架？」

「是。」

「天啊……」

「當我在執行暗社工的工作時，我自許是專門清理社會廢物的清道夫，可是當悲劇發生在自己家人身上，我就不再是以暗社工的身分去殺人，而是以一個受害者家屬的身分，狀況不再單純，我也因而失控。」他說。

「事情是怎麼發生的？」

周先生站了起來，說他需要再來一瓶啤酒，我立刻起身，「我去買吧，換我請客。」我說。啤酒買回來時，周先生卻不在涼亭裡，我四處張望，發現他正蹲在後面的樹叢邊抽菸，專心地看著地上。

「怎麼了？」我把啤酒遞給他。

「這裡有隻螳螂。」他接過啤酒，指著地上的螳螂。

「喔！褐色的，滿少見的。」

「你知道嗎？我覺得自己就是螳螂，而那些社會敗類就是蟬，哪天我被警察抓了，那麼警察就是黃雀。但懿秀被綁架之後我才知道，黃雀永遠不會是警察。」

「不然黃雀是？」

「是暗社工。」

「暗社工就是你啊。」

「我的意思，是指暗社工的『身分』。」

「我不懂。」

「我的失控不是被壞人擊敗，或是被警察抓，而是被自己擊倒。我在替社會鏟除敗類，我為自己感到自豪，但當悲劇發生，我才知道暗社工根本就是個屁，我之前還沾沾自喜這樣的成就，但現在才知道，再多的暗社工都阻止不了悲劇發生。」他有些激動地說。

「周先生……要不我們先回涼亭坐下，你告訴我懿秀被綁架的事？」

我們回到涼亭坐定，周先生打開啤酒大口大口地灌了好幾口。

好一會兒，他平靜了些，眼睛看著我正在錄音的手機說：「這段就不需要錄了。」

「喔，好。」我把錄音 app 關閉，「呃……我能問為什麼不錄嗎？」

「因為這是我家的悲劇，我不太希望被記錄下來，當然你在寫的時候可以自己決定寫不寫，不錄只是我的選擇。」

「好，你開始吧。」

「懿秀被綁架那天，歹徒用 Line 傳來一張懿秀被綁在椅子上的照片，並要求八千萬的贖金。」

「八千萬？」

他點點頭，「是的，我阿姨跟姨丈只是普通百姓，哪可能有八千萬。」

「那怎麼辦？」

「我姨丈報警，警察介入處理，教我姨丈怎麼談判，可惡的是，歹徒從頭到尾都沒有降價。懿秀被綁第四天，歹徒要求把錢分成四份，匯到香港的指定戶頭，姨丈東湊西湊，只湊了兩百萬，但警察阻止他匯錢，一來是因為數目不夠，歹徒不會接受，二來是以過去處理綁架案的經驗，錢匯了，人被放回來的機率只比沒匯錢多了一〇％。」

「然後呢？錢沒匯怎麼辦？」

「警察是對的，因為錢匯了也救不回來，第五天跟歹徒通 Line 的時候確定了一件事，他們綁錯人了。」

「綁錯人？」

「對，他們要綁的其實是懿秀的同學，但那天懿秀剛好去同學家，就在回家路上被誤認。」

「然後呢？」

「接連兩天，一通 Line 也沒有，傳 Line 過去也沒有人回覆，本來還會已讀不回，後來連已讀都沒有。」

「警察查不到歹徒的發話地點嗎？」

「歹徒用 Line 犯案，從頭到尾沒打過電話，查了號碼，是王八機，用偽造身分證辦的。查了網路ＩＰ，區域跳來跳去，一下在印度新德里，一下子在菲律賓馬尼拉。」

「但他們人一定在台灣，不是嗎？」

「是的，就是因為這一點，阿和跟他的四個駭客夥伴從懿秀被綁架的第一天就開始搜索，花了一個星期的時間找到他們，綁匪一共有三個人，年紀在三十五到四十五歲之間，全都是有過殺人案底的廢物，因為法律准許他們假釋又被放出來害人。」

「所以他們在哪裡？」

「在屏東的山區。」

「找到了就好啊，可以叫警察快點去抓人。」

周先生看了我一眼，從他的眼睛裡，我看見一股很深的落寞，「怎麼了嗎？」我問。

「趙先生，這就是我要說的，我失控了。」

「什麼意思？你沒告訴警察？」

他微微點頭，神情非常沮喪，「阿和找到他們那天，我沒有告訴阿姨跟姨丈，我選擇直奔屏東，我到的時候，他們人已經跑了，地上留下一大片黑黑的、亂七八糟的痕跡，兩天之後警察也找到那裡，化驗之下才知道，那是懿秀被燒死的痕跡，屍體到現在還沒找到。」

「所以你的失控是？」

「你知道嗎？化驗結果顯示，在我到達之前的一個小時，他們才動手把懿秀燒死！如果我一知道消息馬上告訴警察，他們就會通知在地警方，一定來得及把她救出來！我的失控害死了她，而我自己知道我不告訴警察的原因……竟然是因為……」說到這裡，他哽咽了起來。

這時，我終於明白了他的失控，「因為你比警察還要早查出綁架犯的所在地，自然會被警察知道，你就是暗社工。」我說。

「我以為我能救她！」他激動地搥了自己胸口好幾下，咬牙切齒地說。

「周先生……」我拍拍他的肩膀，「事情已經過了，你冷靜一點。」

他拿起啤酒再次猛灌，一大瓶啤酒直接見底，他揉掉手中的罐子，擦了擦眼淚，跟之前一樣，他走到旁邊的垃圾桶丟棄空罐子。

等他回到座位上，我們大概有五分鐘沒說話。

再次開口時，他的表情已經恢復成我們剛見面時的冷酷。

「周先生，我有些話想問你。」

「你說。」

「我聽完你剛剛所說的，恕我直言，我不覺得那叫暗社工的失控。」

「不然是？」

「你不告訴警察，間接害死了懿秀，其實是你害怕被抓，對吧？」

他看著我，沒有說話。

「其實這很正常，人性就是這樣，面對痛苦的時刻到了，大多數人都會選擇逃避。所以我覺得，那叫作人性的失控。」

他撥撥頭髮，看著涼亭外已經轉小的雨勢，沒幾秒鐘，他笑了起來。

「怎麼笑了？」我說。

「你說對了，我確實是不敢讓警察知道我是暗社工，所以是我間接害死懿秀的，我承認，你說的人性的失控，我也認同。」

「所以你之前說會勇敢面對司法對你的判決，也是假的。」

「應該說我以為我敢面對，但當懿秀被殺之後，一切都變了。」

「意思是，在懿秀被殺之後，你才發現自己不敢面對？」

「是的，不過，我得告訴你，暗社工的失控，還是存在的。」

「怎麼說？」

「我還沒告訴你我怎麼處理三個綁匪的，不是嗎？」

「這不用說了，想也知道一定比對前面五個更加殘忍。」

他微微笑了起來，看了一下手錶，「嗯，時間差不多了，我帶你去個地方。」

「去哪裡？」

「你跟我來就知道了。」

周先生把車停在公園旁邊，在我打開副駕駛座的車門時，他把鑰匙丟給我，「會開車嗎？」他問，我看著手上的鑰匙，想起酒駕之後我根本沒碰過方向盤。

「會，但是很久沒開了。」

「沒關係，你開吧，我有點累，怕精神不集中危險。」說著，他走向副駕駛座。

上車之後，「你確定要我開？但我不知道我們要去哪裡。」

「沒關係，我會跟你講，走吧。」

我點點頭，發動了車子，引擎聲悶悶地傳進車室裡，我想起以前開車到處發掘社會角落的小故事時的日子，感嘆著再也回不去了。

周先生說，這車依然是租來的，要我別貪快小心開。我開玩笑說，該不會是要像處理前面的社會敗類一樣，把我殺掉吧，他只是笑一笑，沒有回答，突然間我感到一陣寒意。

照著他的指揮帶路，車子離開了市區，往郊區前進，沒多久就轉進山區，一路上他都沒有說話，我心裡隱隱有種不妙的感覺。

「他真的要幹掉我嗎？如果他要幹掉我，那為什麼又要叫我寫東西？我沒有殺人也沒有犯過案，他沒有殺我的理由不是嗎？還是他把所有殺人的過程告訴我，現在反悔了？如果他真的要殺我，那照他的ＳＯＰ，我現在應該已經昏睡不醒了呀！他買給我的啤酒並沒有讓我昏睡，他要怎麼殺我呢？他身強體壯，我看起來就比他小一號，我打得過他嗎？如果等一下真的有危險，我該怎麼辦？」

我整個腦袋裡都是這些問題，我的手心開始冒汗，明明車上的冷氣開得很強，但我卻感覺整個背部都是濕的，我的頭皮緊繃得像是有東西要衝出來一樣，明明是夏天，我卻覺得腳底板在發涼。

車子裡很安靜，連廣播都沒開。

路持續蜿蜒著。

20

車子一路開到我熟悉的地方，那是往石碇的路，本來我想告訴他我家就在附近，這裡我很熟，但突然想起，最好別被一個殺人犯知道自己常在哪裡出沒，所以話才到喉頭就吞了回去。

我們一路往山裡開，到了幾乎已經無法再行駛的地方，周先生在某一個看起來根本沒路的地方說了一聲右轉，我還在懷疑他是不是講錯了，「別懷疑，就是直接從這片草樹之間開進去。」他說，我才硬著頭皮轉了方向盤鑽進去。

一轉進去，四周突然暗了下來，往上一看，我們身在一片茂密的樹林。前進了一小段路，他說：「就在這裡停車。」下車後，我踩在一片看起來被反覆壓過很多次的枯草朽木上面，那本來應該是一片雜草跟灌木都比人還要高的地方。

「這麼隱密的地方你怎麼找得到？從這個『停車位』看得出來，你應該很常來吧？」我刻意這麼問的，我想在他面前演出我對這裡一點都不熟的戲碼，但這裡其實離我住的地方很近。

「不瞞你說，我每天都來。」他說，語氣低沉陰冷。

我突然打起一陣寒顫，兩隻手臂起滿雞皮疙瘩。「他是開玩笑的吧？一個殺人凶手天天到我家附近，這是多恐怖的事啊！」

「來吧，跟我走。」他說，身影已經離我大概有十多公尺遠了。

我踩著不確定的步伐跟了上去，心裡的害怕一步比一步多。

走了大概兩分鐘左右，眼前突然出現一棟大概近三層樓高的廢棄倉庫，我抬頭看了一下那屋頂，就跟從我家頂樓看過來的一模一樣。

「這裡就是那間廢棄倉庫？他天天來這裡？」我心裡這麼OS，腦袋立刻連結到他跟我說的，那些執行暗社工SOP的地點，「就是這裡？他殺人的地方就是這裡？為什麼他要帶我來這邊？他真的要殺了我嗎？」

這段OS還沒想完，我全身已經起了好幾次寒顫，看了看手錶，才下午兩點多，而且現在是八月天，四周的陰森卻冷得讓我直打哆嗦。

「周先生啊……」我停在原地，「這裡……挺可怕的，我就不進去了，好吧？」我一邊刻意傻笑，一邊壓抑恐懼，一邊還要裝出鎮定的神情來說這些話，但口中顫抖的聲音已經出賣了我的情緒。

他笑了一笑，「別怕，你放心，我們的委託意願書依然有效，我保證你的安全。」

我吞了一口恐懼的口水，半信半疑地跟了進去。

裡面就跟他之前形容的一樣，已經壞了的鐵門半開，四周雜草叢生，有些東倒西歪的大貨架就堆在中間，幾根大柱子髒到都發黑了，角落則有個滿是鏽斑的小貨櫃。

但他少說了一些東西，在那些大貨架前面有張長約兩公尺的塑膠桌子，就像是好市多買得到的露營桌，桌腳有些蜘蛛網，但看起來是新的。桌上擺滿了礦泉水跟一大堆餅乾和科學麵，還有一個小菜藍。

周先生站在桌子前，用小菜籃裝了幾瓶礦泉水跟幾包科學麵，然後轉頭看我，「趙先生，請你幫我拿著這籃子，然後跟我來。」

我接過籃子，腳步緩慢地跟著他前進，來到倉庫的角落，發現地上有個鐵蓋門，就是往上掀開的那種，那門是被鎖著的。周先生從口袋裡拿出鑰匙打開鎖，然後把門掀開，有個樓梯往下，就像是地下室一樣。

門打開不到三秒鐘，一陣惡臭襲來。

「趙先生，你最好別憋氣，暫時忍一忍吧，如入鮑魚之肆，久而不聞其臭。」

「這下面該不會是……」

他把食指豎在嘴巴前，「噓！」他看了我，「先別說話了。」

他拿出手機，打開手電筒模式，然後一步一步走下，我緊跟在他後面，因為下面非常陰暗，我怕一個不小心踩空，不知道會摔多慘。

踩到平地之後，他示意我站在原地等。我看著他手上的亮光往角落移動，然後聽見他打開了什麼東西的聲音，眼前隨即一片明亮。

待眼睛適應光線之後，這時映入我眼中的場景讓我呆在原地說不出話來。

這地下室大概有倉庫的地板面積一半大，地上有好多好多的木材、疊了一層又一層的高密度隔音泡棉、乳膠條、海綿膠、一大捲黑色毯子、好幾把鋸子、好幾包鐵釘、一把電鑽槍……

重點是，有好幾座長寬高大概各兩公尺，看起來像箱子一樣的木作整齊地擺在牆壁旁，每個箱子都有扇門，門上面還開了一個上鎖的小孔，大概一個拳頭大。箱子跟箱子中間間隔大概是四公尺，箱子的周圍全都是黑黑髒髒一堆一堆的，地上還鋪了厚厚的一層雜草。

周先生依然示意我別說話，然後他用手指示著，要我拿起一瓶礦泉水跟一包科學麵，從他已經開鎖的門上小孔放進去。

我帶著害怕跟忐忑不安的心情照做，就在我拿著東西靠近小孔時，裡面伸出了一隻手，立刻把東西搶了進去，還有啊啊嗚嗚的聲音從裡面傳出來。

我嚇了一跳，退了兩步，還差點叫出聲來。

周先生拍拍我的背，要我別緊張，示意我走向下一個箱子，做一樣的動作。籃子裡的東西發完數量剛好。他指著樓梯要我先上樓，然後他走向剛下來時的角落，那裡有個小電箱，他順手把燈給關了。

我站在地下室口等他，他上來之後把鐵門上鎖，然後點了一根菸，靜靜地看著我。

「趙先生，你可以說話了。」他說。

我腦袋裡一片混亂，情緒從一開始的害怕恐懼變成現在的滿頭問號，我試著從混亂中理出一些頭緒，「那……些……就……是……」我一個一個字慢慢吐了出來，不敢確定我想的是否正確。

「對，你想的沒錯，那些就是林文明、鄭育民、曾永吉他們。」

我驚訝地看著他，「你……沒殺他們？」

「是的，我從來沒打算殺人。」

「……那，你說的那些……」

「我這麼說吧，每當我抓一個人回來，確實有好幾次，我真的好想一刀就往這些人渣的心臟捅下去，但都沒有這麼做。」

「所以……他們一直……都被你關在這裡？」

「是的，一直。」

「但是……林文明……不是你在高雄的時候就……」

「沒錯，確實是在高雄，他是關最久的，到現在已經半年多了。那天晚上在重劃區，我並沒有燒死他，我只是把他打昏，然後藏在一個隱密的地方。因為我已經決定要做暗社工，所以知道自己是沒辦法繼續住在阿姨家，也沒辦法待在高雄了，隔天我下班立刻跑去租車，連夜把他帶到台北，找到了這個地方，先把他綁在柱子上，每天來餵他吃一餐，讓他喝水，保持能活著的狀態。」

「但那些箱子……」

「喔！我稱那些箱子叫木殼，是我在桃園木材工廠工作之後才做的，因為鄭育民出現了。你剛剛在地上看到的東西就是做木殼的材料，我曾經想過，如果我一直沒有被抓到的話，哪天這個地下室會不會被木殼填滿到連走路的空間都沒有？但後來我又想，如果真有那一天，只代表兩件事；第一，治安和警察的表現從來沒有好過。第二，這裡變成無牌監獄，有進必須有出，所以我得考慮開始殺人。」他摸摸鼻子笑著說。

「為什麼要做木殼？」我好奇地問。

「因為必須。」他堅定地說，「你知道嗎？我在處理鄭育民的時候，林文明其實在旁邊全程目睹。他本來還很害怕，最後卻像神經病一樣一直笑，後來兩個人還一起罵我髒話。他們就像是獄友，會溝通會講話會彼此陪伴，但我發現這是不能被允許的，因為你永遠不會知道他們到底聊了什麼，為了離開這裡，會不會串通什麼或合作什麼，不能把他們關在一起，否則絕對會出事。所以我決定把他們隔離，而且必須隔離在無聲無光的空間裡，那些隔音裝備就是要讓他們沒辦法說話。」

我聽完整個人驚訝得說不出話來，周先生繼續笑著說：「人一旦體認到，自己可能永遠無法自由、不見天日、還沒有人可以說話的時候，你覺得他們還會不會想做壞事？我相信機率就變很低了。」

「可是……這樣人會發瘋吧？」

「是的，我知道，我也想過。所以我自有一套機制。」

「什麼機制？」

「我每天來餵他們，三天替他們清一次大便，清大便的時候，我會一間木殼一間木殼慢慢清，一次抓一個出來綁住。在清理的同時，我會跟他們說話。除了一直都吃不飽之外，你可能很難想像他們現在乖成什麼樣子。」他語氣平和地說著。

「清大便？」

「嗯，他們在自己的木殼裡大便，睡覺的時候就睡在自己的大便旁邊。」

我感到一陣噁心，我想他看到了我的表情，所以連忙解釋。

「我知道聽起來很噁，但是我很人道的，因為環境不好人真的會發瘋，為了不讓這種事情發生，我有讓他們洗澡，一個月洗一次。」說到這裡，他指著一旁牆壁上的水龍頭，「那個水龍頭跟地下室的電都是我自己花時間接的，好啦，我承認電是偷別人家的，反正這裡用電量極低，別人不會發現。」

「他們就這樣……被你關在這裡，好幾個月……」

「對啊，你不覺得我很人道了嗎？這樣已經很好了，我可沒那閒工夫替他們蓋一棟民宿啊。」說完，他自己笑了起來。

過了半晌，我還在整理他剛才所說的，這時他說了一句讓我能充分理解且非常認同的話。

他說：「當你的人生只剩下一天一餐、三天有人清掉自己的大便、一個月一次的沖澡時間可以期待，而且那變成最重要的事，你覺得，人性會不會變好呢？」

我覺得會，你呢？

聽完他的話，我還愣在原地，腦袋裡一直在整理前面他說的故事，跟剛才他所有的說明，我這才想起，他其實從來沒有說過他殺了人。

「要喝水嗎？」他走向野餐桌，「我拿一瓶給你。」

「謝謝……」我怔怔地說，那當下我還沒辦法從這些震撼的事實中抽離出來。

我接過他拿來的水，連開都還沒開，就迫不及待想問一些還沒搞清楚的問題。

「那你說的那些……虐待的過程……有嗎？」

「有，不過我只揍人，還有用釘書機，什麼折斷手啊，剪老二的，那些都只是我想那麼做而已。」

「所以他們完好無缺？」

「除了營養不良之外，一切正常。」

「那……你把他們關在這裡，如果哪天被發現了，怎麼辦？」

「被發現就是我被抓的時候，沒怎麼辦。」

「你打算把他們關多久？」

「關到被發現啊。」他說。

我們離開廢棄倉庫之後，他堅持要我開車陪他去租車公司還車，在車上，他說了很多心裡話，我猜他當暗社工這段時間一定經歷了許多情緒的折磨，一路上他不斷強調「因為我覺得差不多要被抓了，所以趕緊找你把事情記錄下來」，而我還在思考著，該怎麼替他完整地寫出這麼一大段故事。

還了車子，他要離開之前，我猛然想起，「對了！綁架懿秀的那三個人呢？剛剛只有五個木殼，而不是八個？」我說。

他只是看了看天空，吸了很深的一口氣。

「因為……我失控了。」他說，說完轉身就走了，消失在街角。

夜裡，風勢雨勢漸大。

颱風，真的來了。

我失控了。

21

十月，台北依然炎熱，只有晚上氣溫才會稍微低一點。

刑事組廖警官的辦公桌上擺滿了一疊又一疊的文件，還有一大堆的辦案資料。

他正為了暗社工的案子焦頭爛額，因為暗社工不知去向。或許是已經好一陣子沒睡好覺，也可能是因為肝火上升的關係，他不但嘴破，臉上還冒了兩顆大痘痘。

深夜十一點，本來應該早在家裡抱老婆陪小孩的時間，他仍一個人坐在位置上持續工作著。杯子裡的茶葉已經乾了好一會兒了，他感覺口乾舌燥，起身到牆角的飲水機去裝熱水。

同事走到他身邊，隨口一句問候，問出他一臉苦笑，「幹！暗社工真的搞死我了，上頭老大還要我最好月底就能破案，媽的都查出來身分了，不算破案喔？」

「當然不算啊，你是有抓到人了喔？人在哪裡都還不知道咧！」同事說。

「喂，說真的，我其實還滿贊同他的。」廖警官喝了一口茶，說。

「怎麼講？」

「媽的，哪一次不是我們從一開始查案、埋伏、跟監、計畫到行動所有過程不能出任何差錯，千辛萬苦把犯人抓回來，結果法院裡那些法官輕輕鬆鬆的就把人交保放掉？幹你娘咧！那抓回來幹嘛？抓心酸的嗎？抓練身體的嗎？乾脆讓他繼續在外面自由自在地閒晃殺人放火就好啦！」

「法律就這樣啊，有什麼辦法？爛法一大堆也不修，立委一天到晚只會替自己的政黨搞鬥爭，有屁用喔！」

「所以啊！」廖警官彈了一下手指，「我才說我認同暗社工啊！幾個月的時間讓五個社會敗類廢物人渣乖得跟什麼一樣，連螞蟻都不敢殺，媽的帥斃了！多幾個暗社工不知道多好！」他說。

「好啊，你去跟他說你要報名加入嘛。」

「抓到他那天說不定我真的會講咧，嘿嘿！」廖警官笑了起來。

他跟同事聊得正起勁，辦公桌上的某張文件卻讓他頭痛不已。

那張文件是偵辦「暗社工案」的所有重點整理，他花了好久才理出這些頭緒。

文件上寫著：

一、割喉嫌犯林文明自白：「我燒死狗那天，身上的傷其實不是我摔車造成的，而是趙英傑打的，他用工地旁邊的玻璃窗打我。」

二、趙英傑在《暗社工》一書裡提到了委託書，經查，除了名字不同，兩個人的筆跡完全一樣。

三、暗社工身上所穿的笑臉帽T，趙英傑先生也有一件。

四、與趙英傑先生解除婚約的未婚妻名叫于小涵，于小姐表示從不認識周皓哲先生。

五、黃建和先生也說他不認識周皓哲，並表示自己的妹妹在八月遭綁架撕票。

六、租車公司的紀錄，租車人姓名是趙英傑。

七、趙英傑的父親在越南聯繫不上，母親表示趙英傑在特種部隊服役期間曾接受過多次精神科診療。

八、廢棄倉庫裡的五名嫌犯已經救出，三名綁票嫌犯目前依然下落不明。

九、趙英傑先生在石碇的住處空無一人。

【全文完】

[後記]

《暗社工》，愛情故事之外的考試卷

早在二〇一二年年底，傳出發生在台南市的方姓小男童被割喉的社會案件之後，我就決定要寫一部關於社會大眾不滿司法表現而開始動用私刑的小說，但因為著手《六弄咖啡館》的電影工作，共花了兩年半時間，便遲到現在才完成《暗社工》。

當然我很明白《暗社工》的內容會牽涉到的社會議題有多少，甚至可能影響多少人，但探討社會議題與影響群眾並非我發想故事內容與寫這本小說的初衷，我無意也不想探討案件相似度、死刑相關與私法正義的話題，因為我既非專家，也不是學者，更無研究。但我是個專業的小說寫手，生產好故事是我的工作與對自己期待，我深信《暗社工》是好故事，所以我做好了自己的工作。

其實故事永遠是單純的，只是十個人看會有十種不同的心得罷了。

雖然《暗社工》是我寫的，但「暗社工」三個字卻不是我想的。

告訴我「暗社工」三個字的，是一位寄訊息到我臉書粉絲團的讀者朋友，我不認識他，也不知道他的真名為何，只知道他在臉書上用的名字叫蔡傑克。

這位傑克兄來信的原因本來是在討論死刑，但他在第一封訊息便直接闡述他認為現在台灣治安混亂的狀況或許需要類似「暗社工」這樣的單位來懲凶罰狠，這與我本來就想寫的私刑小說想法不謀而合，於是回信請他答應讓我使用「暗社工」三個字來完成作品，並告訴他，出版後會寄書送給他。

在此要特別感謝蔡傑克先生！

如果你想問我為什麼要寫《暗社工》，我的理由很簡單：

我曾自問，寫了十六年情感相關的作品，吳子雲是否具備寫其他類型故事的能力？而《暗社工》是在這個前提下的第一張試卷，而我交卷了。

這張試卷的成績依然跟過去十六年一樣，由正在看書的你們來判定分數。

而我十六年來不變的是，依然由衷感謝支持。

或許我有那樣的運氣和機會，有朝一日能把《暗社工》搬上大螢幕。

吳子雲　二〇一五年九月　寫于台北的家

國家圖書館出版品預行編目資料

暗社工／吳子雲 著. -- 初版. -- 臺北市：商周出版：家庭傳媒城邦分公司發行, 2015.10
面： 公分. --（網路小說；252）
ISBN 978-986-272-887-1（平裝）
857.7 104018457

暗社工

作　　者／吳子雲
企畫選書人／楊如玉
責 任 編 輯／楊如玉

版　　權／翁靜如
行 銷 業 務／李衍逸、黃崇華
總 經 理／彭之琬
發 行 人／何飛鵬
法 律 顧 問／台英國際商務法律事務所　羅明通律師
出　　版／商周出版
城邦文化事業股份有限公司
台北市民生東路二段 141 號 9 樓
電話：(02) 25007008　傳真：(02) 25007759
Blog：http://bwp25007008.pixnet.net/blog
E-mail：bwp.service@cite.com.tw
發　　行／英屬蓋曼群島商家庭傳媒股份有限公司城邦分公司
台北市民生東路二段 141 號 2 樓
書虫客服服務專線：(02) 25007718、(02) 25007719
服務時間：週一至週五上午09:30-12:00；下午13:30-17:00
24 小時傳真專線：(02) 25001990、(02) 25001991
劃撥帳號：19863813；戶名：書虫股份有限公司
讀者服務信箱：service@readingclub.com.tw
城邦讀書花園：www.cite.com.tw
香港發行所／城邦（香港）出版集團有限公司
香港灣仔駱克道193號東超商業中心1樓
E-mail：hkcite@biznetvigator.com
電話：(852)25086231　傳真：(852) 25789337
馬新發行所／城邦（馬新）出版集團【Cité (M) Sdn. Bhd.】
41, Jalan Radin Anum, Bandar Baru Sri Petaling,
57000 Kuala Lumpur, Malaysia.
Tel: (603) 90578822　Fax:(603) 90576622
email:cite@cite.com.my

封 面 設 計／黃聖文
版 型 設 計／豐禾設計工作室
排　　版／新鑫電腦排版工作室
印　　刷／高典印刷有限公司

■ 2015年10 月初版
定價280元

Printed in Taiwan

城邦讀書花園 www.cite.com.tw

 ISBN 978-986-272-887-1

廣 告 回 函
北區郵政管理登記證
台北廣字第000791號
郵資已付，免貼郵票

104台北市民生東路二段141號2樓

英屬蓋曼群島商家庭傳媒股份有限公司　城邦分公司

請沿虛線對摺，謝謝！

書號：BX4252	**書名：**暗社工	**編碼：**

請於此處用膠水黏貼

商周出版

讀者回函卡

感謝您購買我們出版的書籍！請費心填寫此回函卡，我們將不定期寄上城邦集團最新的出版訊息。

不定期好禮相贈！
立即加入：商周出版
Facebook 粉絲團

姓名：＿＿＿＿＿＿＿＿＿＿＿＿ 性別：□男 □女

生日：西元＿＿＿＿年＿＿＿＿月＿＿＿＿日

地址：＿＿＿＿＿＿＿＿＿＿＿＿

聯絡電話：＿＿＿＿＿＿ 傳真：＿＿＿＿＿＿

E-mail ：

學歷：□ 1. 小學 □ 2. 國中 □ 3. 高中 □ 4. 大學 □ 5. 研究所以上

職業：□ 1. 學生 □ 2. 軍公教 □ 3. 服務 □ 4. 金融 □ 5. 製造 □ 6. 資訊

□ 7. 傳播 □ 8. 自由業 □ 9. 農漁牧 □ 10. 家管 □ 11. 退休

□ 12. 其他＿＿＿＿＿＿

您從何種方式得知本書消息？

□ 1. 書店 □ 2. 網路 □ 3. 報紙 □ 4. 雜誌 □ 5. 廣播 □ 6. 電視

□ 7. 親友推薦 □ 8. 其他＿＿＿＿＿＿

您通常以何種方式購書？

□ 1. 書店 □ 2. 網路 □ 3. 傳真訂購 □ 4. 郵局劃撥 □ 5. 其他＿＿＿＿

您喜歡閱讀那些類別的書籍？

□ 1. 財經商業 □ 2. 自然科學 □ 3. 歷史 □ 4. 法律 □ 5. 文學

□ 6. 休閒旅遊 □ 7. 小說 □ 8. 人物傳記 □ 9. 生活、勵志 □ 10. 其他

對我們的建議：＿＿＿＿＿＿＿＿＿＿＿＿

【為提供訂購、行銷、客戶管理或其他合於營業登記項目或章程所定業務之目的，城邦出版人集團（即英屬蓋曼群島商家庭傳媒（股）公司城邦分公司、城邦文化事業（股）公司），於本集團之營運期間及地區內，將以電郵、傳真、電話、簡訊、郵寄或其他公告方式利用您提供之資料（資料類別：C001、C002、C003、C011 等）。利用對象除本集團外，亦可能包括相關服務的協力機構。如您有依個資法第三條或其他需服務之處，得致電本公司客服中心電話 02-25007718 請求協助。相關資料如為非必要項目，不提供亦不影響您的權益。】

1.C001 辨識個人者：如消費者之姓名、地址、電話、電子郵件等資訊。
2.C002 辨識財務者：如信用卡或轉帳帳戶資訊。
3.C003 政府資料中之辨識者：如身分證字號或護照號碼（外國人）。
4.C011 個人描述：如性別、國籍、出生年月日。

請於此處用膠水黏貼